Manfred Rebhandl

56,3° IM SCHATTEN

GEGRÜNDET
1999

Manfred Rebhandl, geboren 1966 in Oberösterreich, lebt als freier Autor mit seiner Familie in Wien.

Manfred Rebhandl

56,3° IM SCHATTEN

Ein Biermösel-Krimi

Czernin Verlag, Wien

Gedruckt mit Unterstützung der Stadt Wien / MA 7 und
der Kulturabteilung des Landes Oberösterreich

Landschaften und Personen sind frei erfunden.

Rebhandl, Manfred: 56,3° im Schatten / Manfred Rebhandl
ISBN: 978-3-7076-0272-2

Umschlaggestaltung: Bernd Püribauer
Satz: Elisabeth Natz
Druck: Druckerei Theiss GmbH, A-9431 St. Stefan
ISBN: 978-3-7076-0272-2

Inhalt

Siesta

Der Biermösel liegt an diesem leidlich warmen Sommermorgen schon gut angefüllt und mit einem ordentlichen Blähbauch auf seiner Schwitzhütte am Gendarmerieposten in Aussee herüben und lässt einen sehr Ordentlichen fahren, dann noch einen, dann zwei, dann vier, dann zehn, dann hört er auf zu zählen.

Er freut sich sehr über die ersten gewaltigen Ausstöße des neuen Tages, an die er sich mit klarem Kopf erinnern kann, während er sich gleichzeitig an die ungezählten Bumsis, die er während einer weiteren versoffenen Nacht in seiner Kammer drüben im Auerhahn in die Atmosphäre hinaufgeschickt hat, natürlich nicht mehr erinnern kann. Das ist halt der Nachteil beim unkontrollierten Saufen, ärgert er sich immer wieder über die Nachteile vom unkontrollierten Saufen, dass man am nächsten Tag immer nur den schweren Schädel erbt anstatt die erhoffte Lösung aller Probleme, und dass man sich an die schönen Dinge des Lebens leider überhaupt nicht mehr erinnern kann.

„Ich mich aber schon!“, stöhnt sein kleiner fetter Knödel von einer Schwester dann immer, sobald sie erschlagen von der Wucht seiner nächtlichen Eruptionen zunächst aus den Federn herausfällt und dann weiter die Stufen herunter in die Gaststube, zerrupft wie ein Hendl, im Gesicht ganz weiß und die Hände ganz nass, die Augen verdreht und mit heraushängender Zunge. Und der Biermösel, ganz Buchhalter seiner wilden Zerstörungswut und stolzer Vielleister, fragt dann immer mit der gewissen neugierigen Unschuldsmine:

„Wie viele?“

„Dreitausendundfünf!“

„In der ganzen Nacht?“, zieht es ihm vor Enttäuschung den Arsch zusammen, bevor ihn die Roswitha mit immer neuen Rekordzahlen doch wieder zu beruhigen vermag.

„In der Stunde!“

Erst dann kann der Biermösel zufrieden auf eine weitere versoffene Nacht zurückblicken, und erst dann freut er sich auf den vor ihm liegenden Tag.

Der Biermösel zischt dann noch ein paar spritzige Weißbiere und schüttelt mit seiner Alkoholiker-Zitterhand die morgendliche Steifheit aus seinen müden Knochen, und mit der morgendlichen Steifheit streift er auch endlich die Handschuhe ab und wirft die Pudelhaube in die Ecke, ohne die er früher nie aus dem Haus gegangen ist, nicht einmal in den sogenannten Sommermonaten von Juli bis September. Stattdessen hat er mit jedem neuen Sommer, den er früher am Gendarmerieposten in Aussee herüben beim Fenster gestanden ist und deppert auf den See hinausgeschaut hat, immer nur den Wassermassen zuschauen dürfen, die zuerst als Dauerregen gegen sein Fenster geprasselt sind und sich dann unten im See gesammelt haben, wo sie schließlich als sommerliche Überschwemmung wieder über die Ufer getreten sind und die Einheimischen samt den Tagestouristen und Sommerfrischlern auf ewig in ihre Gummistiefel hineingezwungen haben. Und mit jeder neuen Überschwemmung hat er dann auch dem Verrinnen der Jahreszeiten und leider auch dem sinnlosen Verrinnen seiner wertvollen Lebenszeit zuschauen müssen, und das mit Fäustlingen an den Händen und einer Pudelhaube am depperten Schädel, mit der wattierten Unterhose um den knochigen Arsch herum und dem dicken Mantel um die müden Schultern. Und dabei ist der Biermösel in einer immer tieferen Verzweiflung und Einsamkeit festgefroren, aus der er sich erst jetzt zu befreien weiß, und hoppala, plus 34,2° im Schatten.

Lieber großflächige Verbrennungen als Frostbeulen, lieber einen gewaltigen Sonnenstich als einen vom Schnee bedeckten Schädel, das wäre im Wesentlichen seine Meinung zum Sommer, die Zeit der eingefrorenen Ohrwascherl auch im Sommer ist jedenfalls endgültig vorbei.

Nur aus der reinen Gnade heraus oder nur wegen ein paar zum Himmel geschickter Gebete von irgendwelchen Pfarrern und Bischöfen reißt in dieser Gegend aber natürlich keine Wolkendecke auf, damit sich der Biermösel endlich die Wildsau aus dem Wald herausschießen und sie im satten Abendrot über der selbst zubereiteten Kohle grillen kann, von alleine verziehen sich in diesen saftigen Breiten keine hartnäckigen Nebelschwaden und machen der glühenden Hitze Platz, da wird also einer ein bisserl nachhelfen müssen, damit sich die Erde endlich erwärmt, und zwar einer, der das entsprechende Talent dazu hat und auch den starken Willen mitbringt, und hoppala, kommt ihm schon wieder einer aus, du meine Güte!

Während das depperte Knechtsvolk in dieser Gegend die Zumutungen des Sauwetters auch nach 2000 Jahren Lügengeschichten noch immer auf die schlechte Laune vom Herrn Jesus Christus schiebt (Stichwort: Sünde!) und es sich lieber demütig unter der Knute und den Peitschenhieben vom ungerechten Leben einrichtet, hat sich der Biermösel heuer im Frühling auf die Hinterläufe gestellt und seine Windmaschine angeworfen. Er hat ja die Jahre davor weiß Gott genug Zeit mit dem *Ländlichen Boten* auf seiner Schwitzhütte verschissen, sodass er heute besser als jeder andere weiß, wie man so eine Erde ruckzuck erwärmt. Wenn die Menschheit bisher die Landwirtschaft und die ganzen Methan-Ausstöße von den vielen Kuhlimuhs für die leicht erhöhte Temperatur verantwortlich gemacht hat, dazu vielleicht noch die auftauenden Permafrostböden in Sibirien und mit Abstrichen die heimische, die östliche, die westliche und die südliche Industrie; wenn also bisher die ganzen furchtbaren Lastwagen und die Geländewagen von den Tagestouristen und Sommerfrischlern, die jetzt wieder im Schritttempo ins Tal hereinströmen, für den ganzen Schlamassel verantwortlich gewesen sein sollen, dann kann die Menschheit jetzt getrost ein neues Kapitel aufschlagen, bald wird die Erde nämlich glühen, und die Erinnerung an die ganzen verregneten Sommer wird eine süße sein.

Warum also nicht aus seinem landläufigen Makel eine Tugend machen, hat sich der Biermösel vor ein paar Wochen gefragt, als sich im Frühjahr wieder kein Azorenhoch aufgebaut hat, warum nicht einfach das Talent nützen, das ihm der liebe Herrgott schon mit in die vollgeschissenen Windeln hineingelegt hat? Der Biermösel musiziert ja seit den seligen Kindertagen, dass es eine Freude ist. Er flötet und trötet, er jubiliert und jodelt, er lässt den tiefen Bass hinten hinausrollen und versucht sich am hohen C, er bläst seine Arien in die noch sauerstoffgesättigte Luft hinaus und schmettert seine Junggesellenlieder in das warme Schafwollpolsterl hinein, wenn er am Abend auf sein Tageswerk zurückblickt, gerade wie es ihm gefällt.

Dass er genug Talent im Arsch hat, das hat der Biermösel schon gespürt, als er noch an den gewaltigen, weiß schäumenden Milchdutteln von seiner Biermösel-Mutti gehangen ist und mit seinen kleinen, süßen Bumsis die Windeln zerrissen hat wie der hungrige Braunbär das Rehkitz. Und auch später war er in allen Altersklassen und Gewichtsstufen immer der Jahrgangsbeste und herausragend in dieser Disziplin, er hat gebrummt wie der Dieselmotor vom Bierfahrer Ramzi, wenn er mit seinem Bierwagen die Steigungen der Gegend in Angriff genommen hat, und geröhrt wie der Hirsch während der Brunft. Als heranwachsender Rotzbub hat er es dann so weit getrieben, dass sie ihn schon am zweiten Tag vom Unterricht freigestellt haben (daher die Bildungslücken, die er nie wieder gefüllt hat), und auch in der Gendarmerieschule oben in Linz hat er schon nach dem ersten Semester kein eigenes Zimmer mehr gehabt, sondern einen eigenen isolierten Trakt, zusammen mit seinem Kollegen Grasmuck aus Goisern drüben, der zwar auch sehr talentiert war, aber halt lange nicht so ehrgeizig wie er.

Nach allem, was die Wissenschaft heute weiß, ist auf der ganzen Welt jedenfalls keiner berufener als er, das Klima nachhaltiger zu verändern und der Sommerhitze endlich zum Durchbruch zu verhelfen. Das hat ihm der Doktor Krisper neulich bei der eingehenden Unterleibsuntersuchung bestätigt, allerdings nicht mit freudigem Strahlen und großer Dankbarkeit, sondern mit der tief besorgten Miene mitten im Gesicht. Denn nach allem, was der Doktor Krisper nach dem Routinecheck leider auch sagen kann, gibt es weltweit keinen zweiten, der es mit seinen Ausstößen gleich so übertreiben muss wie er und die Erde nicht nur zu erwärmen, sondern überhaupt gleich zu vernichten imstande ist, „Biermösel, bitte halt ein!"

Aber wieso denn?

Die endgültige Vernichtung der depperten Mutter Erde wäre dem Biermösel doch ein angenehmer Nebeneffekt, wenn er nur vorher ein paar Tage lang seinen verdienten Urlaub auf der faulen Haut genießen und die aus dem Wald herausgeballerte Wildsau hinterm Auerhahn grillen kann, da nimmt er die Vernichtung der Welt gerne in Kauf, und hoppala! Plus 36,1 ° im Schatten.

Weißbier

Der Biermösel stellt sich dann eine weitere Kiste Treibstoff auf die Schwitzhütte herein, und damit das Bier beim Herumstehen nicht warm wird – was früher auch nie passiert wäre! –, zischt er lieber schnell eine Flasche nach der anderen und furzt dabei zufrieden wie der Brummelbär nach dem Glas Honig.

Dann schlägt er mit der neu gewonnen Entspanntheit der faulen Sau den *Ländlichen Boten* auf und schaut sich an, in welcher Bananenrepublik der Superagent Jason Castelli im Dienste seiner Majestät mit seinem Tropenhut auf dem Schädel und dem schweißsaugenden Pfadfindertuch um den Hals gerade wieder ermittelt, und „Da schau her!“, taucht der Biermösel gleich wieder tief ein in die Parallelwelten seiner Bildergeschichten, „in der sehr heißen Bananenrepublik Kongolien mit ihrer extrem hohen Luftfeuchtigkeit keucht und fleucht der Jason heute durch den Dschungel, na bravo!“ Einem astreinen Überwachungsstaat und durch und durch korrupten Schurkensystem, das es auszulöschen gilt, nicht ganz unähnlich jedenfalls der eigenen saftigen Heimat mit ihrem Chef vom Ganzen, den sich der Biermösel auch schon auf seiner Abschussliste notiert hat.

Der Biermösel erkennt also wieder viele Ähnichkeiten zwischen sich und dem Superagenten, mit dem einen gravierenden Unterschied freilich, dass es dem Jason dort unten in seinem Suppentopf drinnen, in den ihn die Negerhäuptlinge am Ende von jeder Geschichte verlässlich hineinstecken, bald richtig kalt werden wird um die Zehen herum, im Vergleich zur Hitze jedenfalls, die der Biermösel in Aussee herüben zu entfachen gedenkt, die Einheimischen werden sich bald einen Ausschlag zwischen den Schenkeln schwitzen, während sich der Jason Castelli im Dschungel von Kongolien unten den Schnupfen holen wird, bildlich gesprochen.

Was dem Löwen in der Savanne sein stärkendes Antilopengulasch mit Nudeln ist, das ihm die Kraft für den gewaltigen Prankenhieb gibt, das sind dem Biermösel die zahllosen Kisten Weißbier von den Freunden der Weißwurscht drüben aus Bayern, mit deren Hilfe er zum gewaltigen Schlag gegen die depperte Natur ausholen wird, die ihn mit ihren Wetterkapriolen allzu lange an einem erfüllten Dolce far niente gehindert hat.

Nach dem frühen und traumatischen Verlust von seiner Biermösel-Mutti, die vor bald 55 Jahren mit einem Franzosen durchgebrannt ist, ist er ja zunächst von der weiß schäumenden Milch aus ihren gewaltigen Dutteln auf das auch stark schäumende einheimische Starkbier umgestiegen, das mit naturklarem und eiskaltem Wasser gebraut wird und weltweit natürlich unerreicht ist in Geschmack und Bekömmlichkeit. Wegen der angestrebten Erderwärmung hat der Biermösel in den letzten Wochen seine Ernährung aber noch einmal komplett umgestellt und ist vom einheimischen Starkbier auf das noch viel stärker schäumende ausländische Weißbier mit der Portion Kohlensäure extra umgestiegen, das ihm jetzt die gewaltigsten Blähungen seit Anbeginn der Welt verursacht, aber genau darum säuft er es ja, mit dem ungesunden Zeug im Magen kommen ihm bei allen geschmacklichen Nachteilen nämlich immer die Allerschönsten und Gehaltvollsten aus, und hoppala, plus 37,4° im Schatten.

Der Biermösel schüttet das bayrische Gold so unaufhörlich in sich hinein wie der Heizer den Koks in den Kessel, dass ihn seine Feinde an den Stammtischen im Tal schon Franz-Josef nennen, allerdings nur so lange, bis er ihnen den gut platzierten Leberhaken verpasst, ungestraft nennt den Edgar Evenhoe Biermösel keiner Franz-Josef. Er führt das Weißbier seinem Körper in so rauen Mengen zu und stößt die Gase hinten mit so gewaltigen Eruptionen wieder aus, dass mittlerweile nicht wenige in den Bürotürmen der Vereinten Nationen und natürlich auch der eine wahlkämpfende Umweltschützer von der Liste 4 die ganze Erderwärmung alleine ihm in die stinkenden Stiefel schieben wollen. „Biermösel, du Erderwärmer!“, hat ihm der Zottelbär heute früh schon bei der allmorgendlichen Herfahrt wieder zugerufen, als er ihn von seinem Wahlkampfstand aus erspäht hat und ihm auf seinem Fahrrad hinterhergestrampelt ist. Aber wegen solcher Unterstellungen zieht der Biermösel heute natürlich nicht mehr die Glock, dafür ist er zu bierselig. Stattdessen hat er ihm nur den Ruß aus dem Verbrennungsmotor seiner Triumph Fips in den Ziegenbart hineingeblasen, und dann hat er ihm einen weiteren sehr Schönen und Ergiebigen vor sein Fahrrad gestellt, keinen Totschläger zwar, aber einen Hundsgemeinen, der ihm ein paar Tage Zeit zum Nachdenken gegeben hat, und zwar im Gipskorsett drüben im Krankenhaus in Gmunden, bei mittlerweile plus 37,9 ° im Schattenreich.

Der Biermösel furzt und trinkt dann so entspannt vor sich hin wie der Gewaltherrscher im Dschungel von Kongolien vor den samstäglichen Exekutionen, und dabei steigt er immer weiter aus dem Fell des Eisbären heraus und schlüpft immer beschwingter in die faule Haut des Südländers hinein, die dem einheimischen Knechtsvolk ansonsten so gar nicht passen mag, weil das einheimische Knechtsvolk zu emsig und hektisch für die faule Haut des Südländers ist.

Dem Biermösel aber passt die faule Haut des Südländers wie angegossen, sie adelt ihn wie der Gestank den Vagabunden, obwohl er natürlich, anders als der komplett arbeitsscheue Südländer, während seiner Siesta nicht vollends untätig ist, sondern fleißig furzt und trinkt und dabei die Schleusen einmal weit öffnet und dann wieder ganz schließt, je nachdem. Nach fünfzig Jahren schweren Alkoholismus aber hat sich das natürlich eingespielt, dass die Hand ungefragt zum Bier geht und das Bier schleunigst zum Mund, von einer dramatisch schweren Arbeit kann dabei wirklich keine Rede sein, wenn der Biermösel dem System regelmäßig Treibstoff zuführt und die dadurch gewonnenen Gase wieder ausstößt, du meine Güte, so eine

Erde zu erwärmen ist ja im Grunde keine Hexerei, es muss nur endlich einer tun.

Der Biermösel lässt dann einen weiteren sehr Schönen fahren und malt sich dabei die Zukunft des vor ihm liegenden Sommers in den buntesten Farben und erfreulichsten Düften aus, denn mit dem Fell des Eisbären hat er endlich auch das steife Korsett der Vorschriften und Gesetze abgestreift, die Interessen vom Staatsganzen mit seinen ganzen Vorschriften und Gesetzen vertragen sich immer weniger mit denen vom Biermösel, da will er ehrlich sein, der dünne Faden zwischen ihm und der Gendarmerie ist zerrissen, er hat eine dicke Mauer zwischen sich und dem Vorgesetzten aufgebaut, so dick, dass er sie nicht einmal mehr mit einer Rakete aus seinem Arsch heraus einreißen könnte.

Während der Jason Castelli also auch nächste Woche im *Ländlichen Boten* wieder im Dienste seiner Majestät herumrackern muss, wird sich der Biermösel aus dem Dienste seiner Majestät schön langsam verabschieden und lieber Urlaub machen, als sich ins schwere Geschirr der Ermittlungen zu hängen. Nach all den Jahren der Enttäuschungen, Demütigungen, Niederlagen und Missverständnisse zwischen ihm und dem Innenminister des heimischen Schurkenregimes; nach den Tausenden und Abertausenden Kilometern, die er auf seiner Fips durch den Schnee und Regen, über Glatteis und nebelverhangene Straßen dahingeflogen ist, um den Tunichtguten und Rotzbuben nachzustellen; nach all den Jahrzehnten der Frostbeulen an der flinken Schusshand und der Winterkirschen in der wärmenden Unterhose klinkt sich der Biermösel endgültig aus dem Staatsganzen aus und formt sich zum sonnenummantelten Faulsack.

Er wird sich nur noch die glühend heiße Sonne aufs Baucherl scheinen lassen, sobald er die Wildsau erst aus dem Wald herausgeschossen hat, dann wird er sich am Arsch kratzen, sobald sie sich auf dem Spieß über der Grillkohle dreht, und er wird dabei gar nicht erst versuchen, dass er die lästigen Fliegen, die seit ein paar Tagen seine geschwollene Nase umschwirren, mit langsamer, gelangweilter Riesenpranke zu Tode bringt wie der Löwe in der Savanne die lästigen Hyänen, die ihm sein Menü streitig machen.

Sollen sie doch leben!, denkt der Biermösel stattdessen großzügig über die neu aufgetretene Plage der Eintagsfliegen, die sich früher auch nie nach Aussee hereingetraut haben, weil es ihnen hier zu kalt war und das Fleisch von den Toten zu tief gefroren und zu wenig verfault. „Was soll ich mich um euer Ableben auch noch kümmern?“, seufzt er nachsichtig, wo er doch schon die ganzen einheimischen Schwächlinge mit seinen Eruptionen zur Strecke bringt und die depperten Fliegen doch sowieso schon bald ganz ohne sein Zutun von der Decke herunterfallen werden, also von ihm als Gruß an die lästigen Eintagsfliegen nur so viel:

„Schönen einzigen Tag noch!“

Und hoppala, plus 38,7 ° im Schatten.

Grillsau

Seit dem Zauberer Moses und seiner gewagten Meeresteilung drüben im Geheiligten Land hat jedenfalls keiner mehr so dramatisch in die Erdengeschichte eingegriffen wie der Biermösel heuer in Aussee herüben mit seiner Furzerei. Und seit der Komet den Dinosauriern auf den Schädel draufgefallen ist und die Viecher mit der im Handgepäck mitgeschleppten Eiszeit ausgelöscht hat, ist keiner mehr mit einem solchen Ehrgeiz darangegangen, das Klima in der heimischen Kühltruhe so nachhaltig zu verändern wie er, und das alles nur, weil er heuer endlich unter freiem Himmel grillen will, alles nur deshalb, und hoppala, plus 39,2° im Schatten.

Seit der Biermösel nämlich träumen kann, träumt er von einem lauen Sommerabend draußen in wilder Natur, wie ihn Superagent Jason Castelli im Dschungel von Kongolien nach seinen zahlreichen gelösten Fällen immer zu genießen versteht, sobald ihn irgendeine Einheimische mit ihrem fuzzikleinen Lendenschurz um den Arsch herum im letzten Moment aus dem Suppentopf der Negerhäuptlinge herausgeholt hat und ihm anschließend auf dem weichem Dschungelboden mit einem feuchten Lappen die heiße Stirn kühlt und mit ihrem nassen Zungenlappen den eingetrockneten Kaktus in seinem Schandmaul wieder in Schwung bringt, davon träumt der Biermösel. Aber seit er auf sein deppertes Leben zurückschauen kann, schaut er leider immer nur auf das grausliche Sauwetter und die Wolkenbrüche und Kaltfronten und auf die letztlich doch nie aufgebauten Azorenhochs zurück, die ihm die Sommer immer vermiest haben, und seit er sich ärgern kann, ärgert er sich darüber, dass er nicht in der Wüstenstadt Las Vegas drüben Sheriff geworden ist, sondern in der Waschküche Aussee herüben, wie soll er sich denn nicht darüber ärgern?

Der Biermösel hat also heuer seine übrigen Körperfunktionen und insbesondere die wenigen intakten Funktionen im

Resthirn noch einmal um ein gutes Stückerl heruntergefahren und ist jetzt endlich komplett deppert geworden. Wie der Steinzeitmensch in seiner Höhle drinnen interessiert ihn nur noch sein Grillabend, und nichts und niemand wird ihn mehr davon abhalten, da ist er heute ganz Ötzi.

Wenn der Biermösel aber vom Grillen redet, dann redet er selbstverständlich nicht von ein paar im Supermarkt eingekauften und zigmal umgepackten Würsterln, die er grillen will, und auch nicht von irgendwelchen teilnahmslos abgeschlachteten Industriesauen, denen es letztlich wurscht ist, wer sie frisst. Der Biermösel redet, wenn er vom Grillen redet, auch nicht von seinen zahlreichen Schweinderln zu Hause im eigenen Stall, dem langweiligen Trottelvieh, das ja auch nicht richtig zu schätzen weiß, dass es auf seinem Grillteller landet, allzu langweilig und schicksalsergeben werden die Schweinderl, wenn sie zu lange im warmen Stall herumstehen, verwöhnt und verzogen sind sie, am Ende nicht mehr zum Fressen. „Schick sie auf Urlaub!“, hat der Biermösel also zur Roswitha gesagt, als er seinen Grillabend geplant hat, zutiefst angewidert von der All-Inclusive-Mentalität seiner Hausschweine, die nur wie depperte Sommerfrischler in ihren Kobeln herumstehen und darauf warten, dass der Wirt kommt und ihnen alles zum Arsch trägt.

Wenn er, Biermösel, also von Grillen redet, dann redet er davon, dass er eine Sau grillen wird, die sich wehrt, bevor sie zu Boden geht, die widerständig ist und sich nicht einfach mit glasigem Blick den Bolzen ins Hirn jagen lässt. Er redet von einer Sau, die vor ihm davonrennen will, solange sie noch kann, und die seiner Schusshand alles an Schießkünsten abverlangt, weil sie dem Hasen gleich Haken schlägt, wenn sie zu türmen versucht, kurz: Der Biermösel redet von einer reinrassigen Wildsau, die er aus dem Wald herausballern und dann über der Feuerstelle hinterm Auerhahn bruzzeln lassen wird, bis ihr eigener Saft das Feuer löscht.

Für diesen einen Zweck und ausgerichtet auf diesen einen gelungenen Grillabend hat der Biermösel natürlich auch längst seinen Urlaubsantrag sorgfältig formuliert („Bitte Urlaub!") und abgeschickt, er hat die Akten von den ganzen liegengebliebenen Mord-, Selbstmord- und Unfällen in den Keller hinuntergetragen zu den ganzen anderen Fällen, die ihn nicht interessieren. Und dann hat er auf seinen täglichen Fahrten durch die Eichenwälder entlang der Kanaldeckelstraße, die in Wahlkampfzeiten immer Straße der Sieger heißt, mit dem inneren Auge die eine Wildsau, die es letztlich sein wird, schon markiert, und zu Hause poliert er jeden Abend den Wildtöter für sie, mit dem er ihr das Licht ausblasen wird.

Längst hat er also the one and only im Eichenwald ausgemacht, mit ihrem ansprechenden Damenbart um die Steckdose herum, der ihn sofort an den Damenbart von seiner Mutti erinnert hat, und mit den einmaligen Milchdutteln, die ihn – Herrgottnocheinmal! – auch an seine Mutti erinnern, und zwar an ihre sahnigfetten Riesenmilchdutteln, ganz vergisst der Mensch die Milchdutteln von seiner Mutti ja nie. Und in seinem speziellen Fall erinnert er sich mit jedem gezischten weiß schäumenden Bierchen natürlich immer wieder aufs Neue an die zwei Totschläger von seiner Mutti, die nicht nur prallgefüllt waren wie ein dickes Fass Starkbier, sondern auch noch herrlich weiß schäumend wie die Krone, die ihm neuerdings aus dem Schädel herauswächst, seit er so unglaublich schwitzt – Herrgottnocheinmal! Das ist doch nicht unreif, wie der Doktor Krisper das immer nennt, das ist Mutterliebe.

Wenn der Biermösel an seinen ins Haus stehenden Grillabend denkt, dann ist er trotz seiner alles verzehrenden Einsamkeit sogar wieder ganz froh, dass er so einen elenden, verdorrten Stammbaum sein Eigen nennt, auf dem keine weiteren Blätter mehr herumhängen als sein eigenes und das von seiner kleinen Schwester Roswitha (plus dem schon weitgehend zerschnipselten von seinem Alten drüben in Goisern), auch wenn dadurch die dringend anstehende Urlaubsvertretungs- beziehungsweise die noch dringendere Nachfolgefrage natürlich immer weiter hinausgeschoben wird, weil es weit und breit keinen gibt, der während seiner Abwesenheit im Urlaub in seine Fußstapfen treten könnte, geschweige denn einen, der das nach seinem kompletten Rückzug aus der Ermittlerei im Hauptberuf tun könnte. Dann nämlich, wenn er selbst nur noch faul herumliegen und grillen wird, und zwar das ganze Jahr über, weil es dann nur noch eine Jahreszeit geben wird, und die heißt HEISS!

Um die Sicherheit vom Trottelvolk weiterhin zu gewährleisten, hat der Biermösel sogar schon eine Anzeige im *Ländlichen Boten* geschaltet, gleich neben den aufregenden Bildergeschichten vom Jason Castelli, um seine Arbeit den Leuten ein bisserl schmackhafter zu machen – die ganzen Hubschraubereinsätze, Überwachungskameras, Verfolgungsjagden und das ganze andere Geheimdienstzeug, von dem die Leute sonst immer glauben, dass es so was nur in einer Bananenrepublik wie Kongolien gibt und nicht in einem gut geölten Rechtsstaat wie dem heimischen:

„Große Fußstapfen suchen Füße", hat er geschrieben, aber bis auf seine kleine Schwester, die mit ihren Sulzfüßen gerne die Stufen vom Hilfssheriff hinauf zum Sheriff gestiegen wäre, hat sich bisher keiner bei ihm gemeldet, außer man zählt vielleicht noch den kleinwüchsigen und minderjährigen Juanito von der Flüchtlingsfamilie Bolivár aus den Anden drüben dazu, der zusammen mit einem halben Volk in der Fußgängerzone drüben herumsteht und die ganze Zeit „No nos moverán!" singt, aber der hat ein Mondgesicht aus Leder, in das ihm dauernd der Vertreter der Liste 3 – „Es war nicht alles schlecht früher!" – eine hineinhaut, und wie soll einer mit einem zerschlagenen Mondgesicht am Humtata-Sonntag zum Beispiel einen Volltrottel-Aufstand im Bierzelt befrieden, wie soll denn das bitte gehen?

Aber auch die Roswitha wird weiterhin mit ihrer Rolle als Schweinsbratenköchin von Geburt an vorliebnehmen müssen, der Biermösel wird sie trotz ihrer unbestreitbaren Verdienste als Hilfssheriff (Kompott-Einlauf für Verdächtige!) bis auf weiteres nicht für die Ermittlerei, sondern nur für seine ganz persönlichen niedrigen Zwecke verwenden können:

„Bau mich bitte zu einem einmaligen Windkraftwerk aus!", hat er ihr zu Beginn seiner Erderwärmerei Order erteilt, „mach eine furchtbare Windmaschine aus mir!"

„Noch mehr Winde?", hat sie mit zittrigen Händen und kaltem Schweiß auf der Stirn gefragt, aber wenn sie dereinst auf ihr beschissenes Leben zurückblicken darf, dann wird sie dabei gewesen sein, als der Biermösel die Erde erwärmt hat, und sie wird sich ein kleines Stückerl vom unvergänglichen Ruhm abschneiden können. Also war sie letztlich an seiner Seite, als er neben dem Grundnahrungsmittel Bier auch die feststoffliche Ernährung noch einmal komplett umgestellt hat. Für die Dauer der prognostizierten Erwärmung frisst er jetzt zusätzlich zum üblichen Schwein auch noch Bohnen und Kraut, Zwiebeln und Kohl und das ganze andere Zeug aus dem Garten draußen, das in der Erde drinnen wächst und nicht draußen im Stall, und das ihm zu einem unverzichtbaren Munitionslager geworden ist, und hoppala, plus 39,9 ° im Schatten.

Der Biermösel frisst Curry kübelweise, er verschlingt den Knoblauch in ganzen Knollen und führt sich die Pfefferoni in großen Bündeln zu, aber natürlich nicht die milden Krachpfefferoni, die der Frisör Manfred drüben in seinem Firsörladen mit weggespreiztem Finger „zu sich nimmt", wie die Frisöre immer zum Fressen sagen, sondern die Kirschpfefferoni Marke Fuego vaya conmigo! aus Mexiko drüben, die selbst für die gut einbetonierten und gepanzerten Darmwindungen von einem Ausseer Landgendarmen eine anspruchsvolle Kost sind, du heilige Scheiße!

Der Biermösel wird also die Grillsau aus dem Wald herausballern und im Abendrot grillen müssen, ohne dass er vorher – nach allem, was man heute weiß! – eine Familie gegründet hätte, was natürlich einerseits sehr traurig ist, aber andererseits auch nicht, weil er ja in Ruhe grillen will.

Er meint nämlich, wenn er vom Grillen redet, nicht das oberflächliche, vom Freizeitwahnsinn verdorbene und von der Grillindustrie gelenkte Grillen mit Kugelgrill, qualitätsloser Holzkohle und einem sogenannten Gemeinschaftserlebnis, darauf scheißt er erst recht.

Er meint nicht das Grillen der Einfamilientraum-Besitzer mit dem Futzerl Garten vor ihrer Klobrille und dem großen Haufen Schulden bei der Ackerbau- und Viehzuchtbank, die einem dann am Weltspartag auch noch eine Grillschürze schenkt, als dezenten Hinweis darauf, dass der Vati bald komplett abgebrannt sein wird und das Haus praktisch schon der Bank gehört, danke und her damit!

Wenn der Biermösel vom Grillen redet, dann meint er insbesondere auch nicht die Großfamiliengrillfeier, bei der immer die ganze depperte Großfamilie versammelt sein muss mitsamt den kleinen putzigen Hosenscheißern, die dem Grillmeister dann immer zwischen den Hosenbeinen herum rennen und das Ketchup suchen oder das Coca-Cola, wenn der Biermösel vom Grillen redet, dann meint er: keine Kinder, kein Ketchup, kein Coca-Cola und insbesondere keine Weiber, die dann immer nur ein Stückerl gegrilltes Gemüse haben wollen, weil sie sich justament einbilden, dass sie für den kommenden Humtata-Sonntag wieder in ihre Ausseer Tracht hineinpassen müssen, heuer geht es sich endlich wieder aus, denken sich die Fettwurschtis jedes Jahr wieder, aber natürlich geht es sich jedes Jahr um ein paar Zentimeter weniger aus, was dann wieder ein Meer an Tränen zur Folge hat – also bitte um Gottes willen keine Weiber beim Grillen!

Wenn der Biermösel von Grillen redet, dann meint er nicht das Grillen während der einen Minute Sonnenschein in der Woche, die ihnen bisher vergönnt war, dann muss der Vati die Glut in der nassen Holzkohle mit dem Föhn anfachen, aber die Holzkohle ist auch deswegen nass, weil der Vati sie zuvor im Spiritus ertränkt hat, damit sich endlich was tut, wenn er den Flammenwerfer in Anschlag bringt, „Vati, pass auf!"

Nicht zuletzt die ganzen Brandwunden, die der Doktor Krisper schon erstversorgt hat, die vielen verkohlten Kleinkinder, die von der Spiritus-Stichflamme erfasst und in Brand gesteckt worden sind, die ganzen abgefackelten getafteten Kopfgestecke von den Weibern sowie die in die unterste Hautschicht hineingebrannten Grillschürzen aus Plastik zeugen von der komplett falschen Richtung, die die heimisch Grillschule nach Meinung vom Biermösel in den letzten Jahrhunderten genommen hat, also um Gottes willen: keine Grillschürze! Wie oft hat er im Wahlkampf selbst schon eine Grillschürze mit der Visage vom Chef vom Ganzen drauf geschenkt bekommen, und wie oft hat er sie sofort wieder weitergeschenkt, und zwar den Ratten in der Tonne. Wie oft hat er sich schon geschworen, dass er, wenn es denn einmal so weit sein wird, das Feuer für die Sau nur mit der Kraft seiner eigenen Raucherlunge entfachen wird, also wenn der Biermösel vom Grillen redet, dann meint er: keinen Föhn, unter keinen Umständen und niemals einen Föhn!

In weiser Voraussicht hat der Biermösel schon letztes Jahr, lange bevor er im Frühjahr seine Ernährung umgestellt und den Ofen auf Dauerfeuer gestellt hat, angefangen, selbst die Grillkohle zuzubereiten. Er hat einen halben Gebirgskamm aus seinen Buchenholzwäldern herausgemeißelt, dann hat er das Holz in kleine Teile zerlegt, teils mit der Hacke, teils aber auch mit der Hand, und zwar großteils, und dann hat er selbst Holzkohle daraus gemacht, als kleine Einstimmung auf das Kommende. Wenn der Biermösel also vom Grillen redet, dann meint er Grillen mit der eigenen Kohle und nach der verschlungenen

Sau vielleicht ein, zwei Zahnstocher als kleines Zugeständnis an die fragwürdigen Errungenschaften der Zivilisation, ansonsten nur die Sau, das Feuer, ein Kübel Salz, eine Kiste Bier für jede Himmelsrichtung und sonst nichts!

Herrgottnocheinmal, wie unterlegen die anderen Kulturen mit ihrer Kochschule seinen Vorstellungen vom Grillen doch sind, hat sich der Biermösel in den letzten Wochen immer und immer wieder gedacht. Der Franzose mit seinen gekochten Froschschenkeln, der Chinese mit seinen Reissäcken, der Mafioso mit seinem Nudelzeug und der Nordländer mit seinen Fischstäbchen; dazu der Albaner mit seinen Krautwurzeln, der Bulgare mit seinen Tanzbärpfoten und der Ungar mit seinem Paprika – all das reizt den Biermösel ü-ber-haupt nicht, wer soll denn das bitte fressen, und noch viel schlimmer: Wer soll denn das ganze Glumpert verdauen?

Wenn der Biermösel nämlich vom Grillen redet, dann meint er auch und sicher nicht zuletzt die abschließenden Freuden der Verdauung draußen in freier Natur, wo einem die Ameisen hineinkriechen, auf die Freuden der abschließenden Verdauung freut sich der Biermösel jetzt wirklich schon sehr, und hoppala, plus 40,1 ° im Schatten.

Sierra

Hat er schon erwähnt, dass es heiß ist?

Früher einmal war seine Heimat saftig wie die Riesentrümmerduttel von seiner Biermösel-Mutti, und wer nicht schon mit einem Wetterfleck auf die Welt gekommen ist, der war des Teufels.

Heute aber ist seine Heimat trocken wie die Unterhose von der Schwester Oberin drüben im Siechenheim in Goisern, und nur der Biermösel selbst läuft noch mit seiner nie versiegenden Wolke aus Wasserdampf und seinem Schaumkäppchen am Schädel herum, die sich aus seinem stetig nachgefüllten Depot im System bedienen, nicht wenige suchen seither seine kühlende Nähe.

Wenn der Biermösel die vom Knechtsvolk schwer keuchen hört, wenn ihre Autos sich durch die flüssige Lava auf der Straße quälen und der Bauer in der steilen Wiese verbrennt, weil er den Einfallswinkel der Sonne komplett falsch berechnet hat; wenn die Katze ihr siebtes Leben aushaucht, weil das Mutterl zu Hause seit Wochen tot ist und der Futternapf sich nicht von alleine füllt; wenn die Baumwipfel Feuer fangen und die Berggipfel von innen heraus glühen, dann ist neuerdings Biermösel-Zeit, und der bärige Hansi von *Radio Saftige Heimat* hat alle Hände voll zu tun, damit er sein Volk bei Laune hält:

„Jetzt noch ein kurzer verzweifelter Aufruf an die ganzen Winnetous in ihren Reservaten drüben in Amerika: Kennt vielleicht irgendwer von euch Falotten persönlich eine Rothaut, die einen Regenmacher kennt? Hinweise bitte unter 008056345, für einen Euro neunzig Cent pro Anruf bist du dabei, zu gewinnen gibt es einen Regenschirm, der praktischerweise auch ein Sonnenschirm ist, zur Verfügung gestellt von der Ackerbau- und Viehzuchtbank aus ihren reichlichen Regenschirmbeständen."

Du meine Güte, denkt sich der Biermösel dann und lässt einen Bärigen fahren. Es wird der Tag kommen, wo ihr alle miteinander die Gosch'n halten müsst!

Nach 12 000 Jahren Eiszeit ist endlich einer auferstanden aus der ewigen Kälte des Ausseerlandes und erhebt sich mit Donnern und Grollen in seinen Gedärmen gegen die Diktatur der warmen Ofenbank. Ansonsten eher der sibirischen Tundra verwandt, erfreut sich Aussee dank seiner Tätigkeit seit ein paar Wochen einer biblischen Hitzeplage. Die Wüstenwinde haben gedreht und wehen von Aussee hinunter nach Afrika und drängen die von dort heraufkommenden, vergleichsweise kalten Luftmassen zurück, in denen der Jason Castelli sich mit Bomben und Granaten gegen die dortigen Schurkenregime stemmen muss, während der Biermösel in letzter Zeit immer öfter die Dienstwaffe einfach überhaupt stecken lässt, wenn er es mit den bösen Buben zu tun hat.

So manchen eingerauchten Gesangsbarden aus der Volksmusikantenszene und den einen oder anderen selbstbewussten Verkehrsrowdy aus der Tagestouristenbranche hat der Biermösel schon zum Duell in die Sonne gebeten, sobald er auffällig geworden ist, ganz ohne Waffen und Adjudanten, nur nackter Schädel gegen nackten Schädel, mal schauen, wer schneller umfällt, du oder ich.

Schwarz gewandet wie der Pancho Villa steht der Biermösel dann auf gerader Straße im brennenden Asphalt. Er hat eine Kiste Weißbier neben sich stehen, damit er nicht komplett entwässert, und bietet dem Feuerball da oben seine ungeschützte Rübe dar, während zehn Meter weiter die Straße hinauf sein hilfloser und komplett überforderter Gegner steht, der zunächst „Das ist aber heiß!“ murmelt, bevor er feige um „Gnade!“ wimmert und schließlich mit heraushängender Zunge restlos kollabiert.

„Das soll heiß sein?“, hört der Biermösel nicht auf zu schreien, und während der andere nicht selten zu brennen anfängt, klettert er selbst zum Beweis seiner Widerstandskraft auf einen Baum hinauf, damit die Übung für ihn noch schwerer wird und die Tunichtgute und Verbrecher noch ein bisserl besser verstehen, dass einem wie ihm die Hitze nichts anhaben kann und es in diesen heißen Tagen keine gute Idee ist, sich mit ihm anzulegen.

„Interessanter Typ!", hat er während der Führerscheinabnahme schon so manchen Tagestouristen sagen gehört, während er ihn mit einem Bierkrug verwechselt und mit dem nackten Finger den Schaum von seinem Schädel geholt hat. Der Biermösel muss sich dann immer erst ein bisserl schütteln, damit auch der Blindeste unter den Tagestouristen und Sommerfrischlern den blitzblanken Sheriffstern unter dem ganzen ausgeschwitzten Bierschaum sieht, und dann gibt es immer das große Jammern und Wehklagen, wenn er ihnen den Leberhaken verpasst, aber das Jammern und Wehklagen ist natürlich nur Musik in seinen Ohren, ebenso wie das dauernde:

„Feuer! Hilfe! Feuer!"

Seit Wochen hört der Biermösel das Tatütata von den kleinen Grisus, die gar nicht mehr wissen, wohin zuerst. Der Wind trägt den Rauch und den Ruß von den Bränden herum und malt die Luft damit schwarz an. Die Flammen nagen den Gebirgskamm langsam von Osten nach Westen und von oben nach unten ab wie die Heuschrecken den Affenbrotbaum, genau so, wie es sein Plan vorsieht. Und schon bald wird ihm von dort herunter keiner mehr mit seinen abendlichen Gesangsübungen auf die Nerven gehen, insbesondere nicht der Volksmusikgott Weiß Ferdl, der sich dort oben in einen Spitzgiebelaltbau zurückgezogen hat und sein Geld zählt, wenn er nicht gerade einen neuen Sommerhit schreibt, mit dem er dann wieder sein Geld verdient, wenn der Biermösel vom Grillen redet, dann meint er insbesondere: keine Musik und kein gemeinschaftliches Singen!

Das Schönste am neugeborenen Sommer und seiner heißen, trockenen Luft aber ist, dass der Biermösel von seiner Schwitzhütte aus jetzt jeden Morgen den tiefen, versoffenen Dieselmotor vom alten Bierwagen vom Bierfahrer Ramzi an sein Ohr dringen hört, dem er lauscht wie ein kleiner Rotzbub dem Glöckchen zu Weihnachten. Er kennt genau seine Routen und die Tageszeiten, zu denen er ausliefert. Er erkennt die Bruttoregistertonnen, die er aufgeladen hat, an den eingelegten Gängen, und den Ruß, den sein Wagen aus dem Auspuff herauswürgt, den kann er sogar schmecken. Mehr als seine mittlerweile neunzehn Kinder (darunter: neunzehn Knaben und mögliche Nachfolger!) neidet er dem Ramzi die Millionen an Kilometern, die er da oben in seinem Führerhaus schon hat sitzen dürfen, komplett ohne Qualifikation und Berufung, ohne jede Bindung zum goldenen Gold, weil er als Muselmane natürlich den Alkohol ablehnt und die Kamelmilch vorzieht, Kruzifixnocheinmal, vielleicht wäre ja alles ganz anders gekommen, wenn er hätte Bierfahrer werden können, wer weiß, ob er dann überhaupt hätte grillen wollen?

Seit er die Ernährung umgestellt hat und gemütlich vor sich hin furzt, kann der Biermösel jedenfalls berichten, dass die Sonne nicht mehr aufgehört hat zu scheinen. Nicht einmal in der Nacht lässt sie das Tal aus ihrer Umarmung und legt sich mit ihrer schweren Hitze auf die Wiesen und Wälder drauf, sodass unter ihrer Last alles ächzt und krächzt. Wie Schmirgelpapier poliert ihm die heiße Luft die Visage, wenn er auf seinem Wüstenschiff dahinreitet. Wo früher Haut war, da schimmern heute schon die verfaulenden weißen Knochen durch. Seine Augenbrauen? Verbrannt! Die Wimpern? Komplett verbogen von der Hitze. Die Nase? Du meine Güte, seine geschwollene, eitrige Nase! Wenn er die Augen zusammenschiebt und auf seine geschwollene, eitrige Nase hinunterschaut, dann sieht er diesen Fleischklumpen, um den herum sich die Fliegen drängeln, die sofort jeden herumliegenden Kadaver in der Gegend links liegenlassen, sobald sie nur seine Nase sehen, und der Biermösel redet jetzt weiß Gott nicht nur von toten Kuhlimuhs im Stall, den Schafen auf der Weide und dem Rotwild im Wald, die dort herumliegen und zum Stinken anfangen, seit er feuert.

Auch jede Menge alte Witwen sind darunter, an die sich die Verwandtschaft erst wieder erinnert, wenn es das Erbe anzutreten gilt, „aber bitte nicht das vom Leichengeruch stinkende Haus, nur das Bargeld!" Dazu die ganzen Wetterfühligen, die vor der stehenden Hitze in ihren Häusern Kopf voran in den vermeintlich rettenden See gesprungen sind, in dem aber kein Wasser mehr auf sie gewartet hat, sondern nur der zupackende Tod auf glühend heißen Felsen, Stichwort: Schädelbruch.

Die Natur? Wo früher Bäume waren, da stehen jetzt Kakteen, statt springender Bächlein liegen nackte Steine in der Sonne, anstelle der vertrauten saftigen Heimat gibt es bald nur noch fremde Wüste. Brennende Schwere. Zunder, der nur darauf wartet, dass einer die Flammen des Zorns wirft, und der Biermösel kann sich gut vorstellen, dass dieser Flammenwerfer er sein wird.

149 Hitzetote alleine seit den Maifeiern, die er mit dem Alten zusammen drüben im Siechenheim in Goisern verbracht hat. Er hat ihn in schwere Decken gehüllt und im Garten herumgetragen, und dann hat er ihm versprochen, dass es bald besser wird mit den Temperaturen, seit seinem Aufenthalt drüben in Stalingrad war er ja von oben bis unten eingefroren und hat sich nichts sehnlicher gewünscht, als dass er den Phantomschmerz in seinen abgeschnittenen Haxen noch einmal in kurzen Hosen genießen darf.

149 Hitzetote also, darunter das Fidele Goldkehlchen-Trio, drei Schwestern von seltener Blondheit, die am Humtata-Wochenende neben dem Weiß Ferdl im Frühschoppenprogramm hätten auftreten sollen, und die dabei wieder von Morgenrot

und Regenbogen, von Wolke sieben und der Sehnsucht nach den Sternen gesungen hätten.

„Wo genau soll die Liebe wohnen?", hat der Biermösel sie vor einem Jahr im Bierzelt drinnen noch angeschrien, als sich wieder einmal abgezeichnet hat, dass er trotz Schunkeldi und Schunkelda wieder als Einziger alleine nach Hause gehen wird müssen, und sie haben zurückgeträllert:

„Dort auf Wolke sieben!"

„Geht's ein bisserl genauer, Kruzifixnocheinmal?!"

Aber na gut, denkt sich der Biermösel jetzt beinahe versöhnt, heuer wird ihm das ganze Theater erspart bleiben, weil die drei heuer im Sarg unten liegen, während er selbst gemütlich grillen wird.

Der Biermösel kann also durchaus zufrieden sein mit einer ersten kleinen Zwischenbilanz seiner Erwärmung. Aber noch ziehen am Abend einzelne Nebelschwaden durch das Tal und legt sich am Morgen der Tau auf die Wiese, sodass er mit einer Decke als Unterlage grillen müsste, aber wenn der Biermösel von Grillen redet, dann meint er natürlich: keine Decke! Noch hat er also einiges zu tun, und hoppala, plus 41,7° im Schatten.

Saftige Heimat

Solange es regnet und der Nebel von den Bergen herunterzieht, kommt der Mensch ja nicht auf die Idee sich zu fragen, was im Leben alles möglich ist. Und solange das Volk dicke Fäustlinge tragen muss, kann es gar nicht richtig zurückschlagen, weil ihm das Gefühl für die Visage fehlt, in die man hineinschlagen möchte.

Seit der Biermösel aber mit seiner Erderwärmung die Nebelschwaden vertrieben und für die gute Sicht auf das allgemein beschissene Leben gesorgt hat, tut sich endlich was in der saftigen Heimat:

Vorige Woche noch war Aussee sauber wie die Haut unter den Nägeln der Bürgerstöchterl. Aber seit einer Woche schaut es in der ehedem schmucken Landgemeinde aus wie in der südländischen Bananenrepublik Kongolien, und riechen tut es auch so, weil die kommunistisch dominierte Müllarbeitergewerkschaft den ganzen Krempel hingeschmissen und sich zur Flüchtlingsfamilie Bolivár in die Fußgängerzone dazugestellt hat, wo die Müllmänner mit ihnen „No nos moverán!" singen und ihnen umgekehrt „Avanti popolo" beibringen, was sie so lange tun werden, bis sie von der Politik endlich kurze Hosen zum Arbeiten kriegen anstatt der dicken Lodenanzüge, in denen sie auch bei der Hitze den Dreck wegräumen müssen. „Den Tagestouristen und Sommerfrischlern gefällt das so gut!", sagt der Chef vom Ganzen zum Thema, aber den kommunistischen Müllarbeitern gefällt es nicht mehr!

Überhaupt die Kommunisten!

„Pass auf, Biermösel!", hat ihnen schon damals der Ausbildner in der Gendarmerieschule oben in Linz im Fach „Politik heute, morgen und übermorgen – die großen Gefahren für das Land" erklärt: „Wenn ich könnte, dann täte ich jeden Tag einen Kommunisten mitsamt seinen Arbeitnehmerrechten fressen, heilige Scheiße, aber leider schmecken die gefüllten Paprika von meiner Mutti viel besser als jeder zähe Kommunist!"

Und weiter im Text:

„Was ist schlecht an den Kommunisten? Na, passt's bitte gut auf: Die Kommunisten kennen keine Zeltfeste, nur das Arbeitslager jenseits vom Ural; sie kennen kein Freibier, nur den gepanschten Erdäpfelschnaps; sie kennen kein Schuhplatteln, sondern nur Fußtritte in den Arsch hinein, und zwar in ihren Arbeitslagern; keine Trachtenjoppen, nur die Kommunistenuniformen; kein Schnitzerl, nur die dünne Suppe der Arbeitslager. Muss ich noch mehr sagen?"

„Nein danke!"

„Leider habe ich von den vielen Schlaglöchern in unserer Straße so schlechte Zähne, dass ich sowieso keinen zähen Kommunisten hinunterbringen täte, selbst wenn ich einen zu fassen kriege, also lieber die gefüllten Paprika von meiner Mutti, alles war sicher nicht schlecht früher, die Autobahnen waren früher sicher besser, wie schaut es mit euren Zähnen aus?"

Vielleicht liegt es ja an den schlechten Straßen im Land, überlegt der Biermösel jetzt, dass heuer erst ein Bankdirektor mit sechs Autos und ein Tennislehrer mit Tennisarm, dafür aber gleich zehn Zahnärzte aus dem aufstrebenden Mittelstand mit ihren zusammen 27 schwarzen Geländewagen den dauerhaften Aufenthaltsstatus in der ehedem saftigen und sauberen Heimat Aussee erlangt haben, allesamt schnell mit dem Loden verwachsen, wie es die heimische Politik vorschreibt, und mit einem einmaligen Schädel ausgerüstet, dem der Gamsbarthut wie angewachsen steht.

Dazu noch – und das ist die Überraschung! – der Volksmusikkönig Weiß Ferdl als vielleicht prominentester Neuzugang, der zwar kein Zahnarzt ist, sich aber in den Spitzgiebelaltbau von einem leider tragisch an der Hitze zugrunde gegangenen Zahnarzt am Gebirgskamm drüben eingekauft hat, wo er jetzt bei offenen Fenstern vor sich hin trällert und neue Sommerhits bastelt, und zwo, drei:

„Sommer hier und Sommer da
Sommer ist's das ganze Jahr
Irgendwo auf der Welt
Wo's dem Sommer grad gefällt."

Der macht es sich auch gerne einfach!

Der Biermösel kann also gar nicht sagen, wie sehr er den Tag verflucht, an dem der Weiß Ferdl hierher gezogen ist, mit dem ihn rein gar nichts verbindet, weder weltanschaulich noch musikalisch, weder bei offenen Fenstern noch bei geschlossenen. Er selbst hört sich auf seiner Schwitzhütte ja lieber zehnmal hintereinander „Duttelwatschen & Bier Vol. 6" von den Radinger Spitzbuben an als einmal „Sommer Hits Vol. 26" vom Weiß Ferdl, darauf scheißt er.

Die Einheimischen haben jedenfalls schön deppert geschaut, als unser berühmter Weiß Ferdl sich hierher zurückgezogen hat, wo er doch die längste Zeit woanders gelebt hat. Zwar weiß keiner genau, wo, aber man wird sich ja noch Gedanken machen dürfen:

„Ich hab unseren Ferdl schon gesehen, wie er eine Flasche Cognac aus Frankreich aus seiner Hosentasche gezogen und das Bier aus der Heimat von sich geschoben hat!"

Und ein anderer:

„Ich hab ihn schon auf Französisch singen gehört, und zwar ‚Frère Jakob, Frère Jakob', das war sehr schön!"

Dann der nächste, einer mit Schulabschluss:

„Und ich hab ihn schon auf Französisch sagen gehört: ‚L'Humtatá, c'est moi!'", aber wegen der vielen Schlaglöcher in den Straßen hat er einen Hirnschaden gehabt, und er hat dann nicht mehr sagen können, was das in einer richtigen Sprache heißt.

Was weiß das Volk noch über den Ferdl?

Einen kleinen Schnauzer hat sich der Ferdl zwischen seinen Auftritten in den Bierzelten der Welt wachsen lassen, aber keinen blonden, was die Vorschrift ist, sondern einen in schwarz, was verdächtig ist. Bald war er im Verruf, dass er überhaupt kein wirklicher Blondie ist, und das wäre dann schon bedenklich, wenn einer die Leute so zu täuschen vermag. Dann kann es nämlich auch gut sein, dass er überhaupt ein Franzose ist, wundern täte es jedenfalls keinen.

„Pfui Teufel!"

„Verräter!"

„Napoleon!"

„Holladiödülliö!"

Die Beschwerden über den Biermösel häufen sich dann.

Zart besaitete Bürgerstöchterl auf Sommerfrische, nach dem Spaziergang unter ihrem Sonnenschirm, während dem sie an seinem Gendarmerieposten vorbeikommen, rümpfen trotz der geschlossenen Thermofenster das Näschen über den einen oder anderen von ihm ausgestoßenen Andachtsjodler und greifen zum parfümierten und von der Großmutti geerbten Schnäuztuch, das sie sich vor das gepuderte Näschen halten. Noch einmal heil und halbwegs unbeschadet zu Hause angekommen, rufen sie dann im Rathaus an, aber der Bürgermeister ist leider nie an seinem Amtssitz, weil er, wie es auch heißt, die Nähe zum neu zugezogenen Ferdl sucht und bei ihm gerne singen lernen täte, jeder, der sich die genagelten Schuhe selbst schnüren kann, möchte heute schon ein Star werden.

Dem Biermösel ist es aber wurscht, wenn die Hallelujagänse vom Singkreis und die Zimttörtchenscheißerinnen vom Geldadel ihr Näschen rümpfen, mit denen will er ja sowieso nichts zu tun haben, also keine falsche Rücksichtnahme dort, wo keine falsche Rücksichtnahme angebracht ist, im Gegenteil: Je mehr es von denen unter der stetig zunehmenden Hitze dahinrafft, desto glücklicher wird er sein. Und hoppala, plus 41,8° im Schatten.

Das einzige Gute am Sauwetter ist ja, dass man von den depperten Nachbarn nicht allzu viel mitbekommt, außer vielleicht ihren Hausbrand in die Augen, wenn die Wetterlage wieder einmal entsprechend reversiv ist, das ist dem Biermösel seine Meinung zu dem immer weiter um sich greifenden Problem mit den Nachbarn. Ab einer geschätzten Temperatur von fünf Grad plus aber glaubt ein jeder, dass er das Fenster aufreißen und sein komplett uninteressantes Leben vor das ganz große Publikum nach draußen tragen kann.

Kaum hat es sich der Biermösel auf seiner Schwitzhütte halbwegs gemütlich eingerichtet und das Depot für seine ausgedehnte Ganztagessiesta samt Feuerwerk aufgefüllt, da reißt es ihm schon wieder die Ohrwascherl weg, weil der Erste von vielen die Gebote der geheiligten sommerlichen Ruhe bricht. Kaum stellt er in der Früh die Füße in seine Schlapfen hinein, dreht in diesen sonnigen Tagen schon wieder irgendwo irgendwer sein deppertes *Radio Saftige Heimat* auf Vollgas, und das natürlich bei sperrangelweit geöffneten Fenstern, sodass der Biermösel sich auf seiner sommerlichen Schwitzhütte bald vorkommt wie der Maulwurf am Campingplatz – jede gerissene Strumpfnaht kann er hören, jede abfallende Schuppe, jeden letzten Atemzug. Der Biermösel hört einfach alles in dieser flirrenden Hitze und verflucht den Tag, an dem einer das offene Fenster erfunden hat.

Kein Wunder, dass er seither immer öfter an die komplette Auslöschung vom Volk denken muss, wenn er an sein Volk denkt. Je weniger der Biermösel von den Menschen und ihren Eigenheiten mitkriegt, desto lieber sind sie ihm, das ist seine Meinung zu den Menschen. Aber leider fördert die Eigenheiten der depperten Leute nichts stärker zutage als der alljährliche, sinnlose Wunsch, als hoffnungsloser Einheimischer dann doch noch zu einem stilvollen Südländer zu werden und den immer vermuteten, aber verschüttet geglaubten Samba auszuleben, und zwar im eigenen Garten. Da muss der Biermösel leider auch ein bisserl mit sich selber schimpfen, dass er das den Menschen mit seiner Erderwärmung erst ermöglicht.

„Plus 42,3° im Schatten, Kreuzkruzifixnocheinmal und Halleluja!“, jammert der bärige Hansi auf *Radio Saftige Heimat,* „was ist denn bitteschön los auf der Welt, dass sie uns so einheizen muss, was wird denn das für unser einmalig saftiges Humtata-Wochenende und unsere allzeit willkommenen Tagestouristen und Sommerfrischler heißen? …“

„… Für die ganzen Elenden und Verdammten!“, korrigiert ihn der Biermösel, die zum alljährlichen Zeltfest am Humtata-Wochenende ins Tal hereinströmen, in ihren überteuert gekauften Trachten, auf ihren allzu weißen Waden, in ihren viel zu hohen Autos und mit den allzeit lästigen Rotzlöffeln hinten auf der Bank. Die ganzen unbefriedigten und gierigen Weiber aus der Stadt, die sich ein Abenteuer mit dem Joe erträumen, der die Quetschenharmonika spielt, aber dann immer enttäuscht sind, dass der Quetschenharmonikaspieler lieber einen Joe raucht, der über die Balkanroute importiert wird, als dass er sich auf ein Abenteuer mit den depperten Weibern einlässt. Oder – wenn man vom starken Geschlecht spricht – die ganzen Affen aus der Stadt, die gar nicht mehr glauben können, dass das ganze Duttelzeug unter den Dirndln bei den einheimischen Milchkühen echt ist, und die das Naturprodukt dann unbedingt angreifen wollen, was dann natürlich unweigerlich zu gröberen Bierzeltraufereien führt, heilige Maria!

Der angenehmste Nebeneffekt an seiner Erderwärmung ist ja, dass sie auch unangenehm riecht!

Viel Kontakt haben er und die Roswitha im Sommer nicht mit dem übrigen Volk, und das übrige Volk nicht mit ihnen. Er und die Roswitha haben auch in früheren Sommern schon nie auf das Geschäft mit den Sommerfrischlern und Tagestouristen in ihren Reisebussen drinnen geschielt. Er selbst hat sich nie in der Lederhose hingestellt und für die Tagestouristen die Schuhe geplattelt oder in falsch verstandener Geschäftstüchtigkeit

„Holladiri und Holladiro" gesungen, und die Roswitha hat sich in der Wirtsstube vom Auerhahn nie von den ganzen Bankdirektoren und Einzelhändlern an ihren Arsch greifen lassen beziehungsweise zwischen die Dutteln, wo es schön warm und saftig ist, das darf nur er!

Nur heuer wird sich schon so mancher Tagestourist, der im schlecht klimatisierten Reisebus auf der Strecke vom Missgeburtenmuseum in Salzburg drüben Richtung Aussee herüber am Auerhahn vorbeigekarrt wird, gedacht haben, dass er jetzt gerade an den Winnetou-Festspielen vorbeifährt, wenn der Biermösel nämlich wieder einmal dem Juanito von der Flüchtlingsfamilie Bolivár nachläuft, der in einem schwierigen Alter voller Wimmerl im Gesicht ist, ihm mutmaßlich seine Jason-Castelli-Hefterl vom Scheißhaus wegstiehlt (wer sonst?), und der gerne beim Fenster hereinschaut, wenn die Roswitha sich umzieht und vom Tageszelt ins Nachtzelt hineinsteigt. Dann applaudieren die Reisegruppen immer und schießen mit Geld nach ihm, und der Biermösel nützt die Gelegenheit und ballert zurück, aber natürlich nicht mit Geld, sondern mit Blei, das ist dann sein einziges Zugeständnis an den Sommertourismus, aber das macht ihn beim Volk auch nicht beliebter.

Alle, so scheint es, wollen um diese Jahreszeit in das vermeintlich saftige Aussee hereinkommen, sogar die Japaner aus Sapporo drüben mit ihren Krummsäbelbeinen ziehen jedes Mal Anfang August den Humtata-Sonntag im Bierzelt in Aussee herüben einem Besuch im Missgeburtenmuseum in Salzburg drüben vor, langsam muss man sich Gedanken machen, was die Tagestouristen und Sommerfrischler in den Einheimischen sehen, denkt sich der Biermösel oft. Sogar einen Inder hat der Biermösel neulich schon aufgebracht und in der heißen Sonne zum Duell gefordert, weil er ihm ungefragt Bierschaum vom Schädel gefressen hat, und sogar den hitzebeständigen Gandhi hat er erledigt, während der bärige Hansi im Radio in Erinnerung geschwelgt ist und sich aus irgendeinem geöffneten

Fenster heraus wieder einmal an alle gerichtet hat, „die da draußen unter der Hitze leiden und sich noch an frühere Sommer erinnern können, als es jeden Tag wie aus Fässern geschüttet hat. Für die spielen wir jetzt vom Weiß Ferdl seinen ewig gültigen alten Sommerhit, zwo, drei – und gemma."

Und dann hat der Weiß Ferdl wieder angefangen zu singen, was ihn vor Jahren berühmt gemacht hat:

„Regen hier und Regen da
Regen fällt das ganze Jahr
Überall auf der Welt
Wo's dem Regen grad gefällt."

Und hoppala!

Der Biermösel jedenfalls leidet nicht unter der Hitze, da muss er den bärigen Hansi enttäuschen.

Dreck

Mit der Hitze hat der Wind dann leider auch die Politik ins Tal hereingetragen wie die Katze den Dreck ins Haus, zur Politik im Allgemeinen vom Biermösel vielleicht für den Anfang nur so viel:

Stell einen wahlkämpfenden Politiker aus der Amtsstube zwischen zwei großduttelige blonde Kellnerinnen aus dem Bierzelt, was sind dann die zwei großdutteligen blonden Kellnerinnen im Vergleich zum wahlkämpfenden Politiker aus der Amtsstube? –

Sicher nicht die Dümmsten!

So viel vom Biermösel für den Anfang vielleicht zur Politik im Allgemeinen. Und zur Politik im Speziellen dann noch so viel: Er hat weiß Gott schon genug Politiker kommen und gehen gesehen, meistens mit dem Bürgermeister ins Puff hinein und ohne den Bürgermeister aus dem Puff wieder heraus, weil der noch ein bisserl länger geblieben ist – selbstverständlich auf Staatskosten! –, dass er sich ein endgültiges Urteil über die Politiker anmaßen darf, und das lautet: Daumen runter, Rübe ab! Auf die Politik lässt der Biermösel einen fahren, wie er keinen mehr fahren hat lassen, seit er zum Reiten aufgehört hat.

Der Biermösel hat dann trotzdem ein bisserl über die Politik nachgedacht und dabei gemütlich vor sich hin gefurzt wie der alte stinkende Löwe in der Savanne nach dem von den Löwenweibern herbeigeschleppten festlichen Mahl, und hoppala! Je heißer es wird, desto mehr schwitze ich, hat er sich dann gedacht, und je mehr ich schwitze, desto nüchterner werde ich im Hirn, das ist besorgniserregend! Je nüchterner ich aber im Hirn werde, desto intensiver frage ich mich schön langsam, ob das ganze depperte Elend auf der Welt nicht doch ursächlich mit der Politik zu tun hat: Die ganzen Schlaglöcher in den Straßen, über die ich jeden Tag mein Wüstenschiff lenken muss; die schlechten Zähne, die ich wegen den ganzen Schlaglöchern in den Straßen habe; die Probleme, die ich mit den Weibern habe – nicht zuletzt wegen meiner schlechten Zähne! Dazu das nie angehobene „Sonderschule-Unterstufe“-Grundgehalt, das den Biermösel wiederum daran gehindert hat, dass er sich schöne neue Zähne kauft, damit er bei den Weibern einmal einen Lauf haben könnte, und so weiter.

Der Biermösel hat dann zum Denken aufgehört, sich stattdessen am Baucherl gekratzt und überall dort, wo es ihn sonst noch gejuckt hat, und dabei hat er lange gar nicht bemerkt, dass ihn die Politik schon bis ins Scheißhaus herein verfolgt, wo sein rotes Notfalltelefon angeschlagen hat, so sehr war er mit Produktion und Ausstoß der Gase beschäftigt, dass bald auch ihm die Luft ein bisserl stickig geworden ist und es ihm den Hals zugeschnürt hat, heilige Scheiße, wenn er nicht im letzten Moment die Fenster noch aufgerissen hätte, wer weiß, wie die ganze depperte Geschichte dann vorzeitig geendet hätte.

„Pass einmal auf“, hat er dann den Innenminister persönlich im Halbkoma reden gehört, „bist du vielleicht der Biermösel aus Aussee drüben, der zu wenig von den Milchdutteln von seiner Mutti gekriegt hat, wie es der schöne Brauch in der saftigen Heimat vorschreibt, bist das du?“

„Yes sir!“

„Hast du dir eigentlich schon einmal überlegt, was du für das Staatsganze machen kannst, anstatt dich immer nur zu fragen, wann du in den Urlaub gehen kannst?“

Heilige Maria, hat sich der Biermösel gedacht, die Politiker haben so eine Art zu reden, dass man überhaupt nicht versteht, was sie wollen, das Wort „Urlaubssperre“ hat er dann nur noch ganz undeutlich vernommen, weil er sehr deutlich einen darauf hat fahren lassen, aber du meine Güte, da steht es ja eh!

Rot eingekreist war er ja auch heuer wieder auf seinem Kalender, der alljährliche Humtata-Sonntag samt Bierzelt und Frühschoppen, ein Termin, vor dem der normale Mensch schon mehr Angst haben muss als der Demokrat vor der schlechten Laune des Gewaltherrschers! Nur dass der Termin heuer sogar dunkelrot eingekreist war und auch noch das Wort „Neuwahlen“ darunter gestanden ist, Kruzifixnocheinmal, da ist es ja eh gestanden!

Mit den ganzen Wein trinkenden Jazzern aus der Politik will der Biermösel nichts zu tun haben, schon gar nicht in den sogenannten Wahlkampfzeiten, wenn sie die Bierzelte überschwemmen wie die Scheiße aus dem Kanal nach dem ergiebigen Platzregen die Straße, und wenn sie den ursprünglichen Duft des einfachen Volkes suchen samt dem persönlichen Kontakt im Bierzelt.

Wenn dann einer von denen mit seinen Stenografenhänden die Vorschlaghammer-Hand vom Biermösel schütteln will, dann schüttelt der Biermösel immer gerne und kräftig zurück, und zwar so kräftig, dass der Doktor Krisper immer schon den Gips anrühren muss, noch bevor der Volksvertreter seine Hand überhaupt nach ihm ausgestreckt hat – und hoppala, Mittelhandknochenbruch!

Solche Wahlen hinterlassen ja bei den ganzen einfachen und kleinen Leuten immer eine große Aufgewühltheit und reißen tiefe Gräben in die ansonsten so harmonischen Kleinfamilien, wenn der Vati zum Beispiel wieder die „Es war nicht alles schlecht früher“-Partei wählen will, weil er sich für sein neu angeschafftes Auto endlich gescheite Autobahnen ohne Schlaglöcher wünscht und für die Fußgängerzone ein Stadtbild ohne Mondgesichter, die ihm einfach nicht blond genug sind, während die Mutti lieber einmal einen ohne zerschnittenes Gesicht als Chef vom Ganzen sehen möchte, einen Aparten vielleicht zur Abwechslung, der nicht dauernd drei Bier auf einmal bestellt, einen Kultivierten mit ein bisserl einem Niveau, der nach Möglichkeit ausschaut wie der Alön Dillon, das wäre der Wunsch von der Mutti, aber nicht vom Vati, und hoppala – doppelter Nasenbeinbruch (bei der Mutti, nicht beim Vati)!

Der Biermösel hat dann weiter gemütlich gegen die Politik angefurzt und sich überall dort gekratzt, wo er sich vorher nicht gekratzt hat, und dann hat er sich überlegt, wie er die Neuwahlen absagen könnte, damit er grillen kann und nicht den Wahlgang überwachen muss, deswegen die Urlaubssperre, weil die depperte Bundesregierung wegen der angespannten Wetterlage den einen oder anderen Radau fürchtet.

Der Biermösel glaubt aber fast, dass die Politik die Entschlossenheit mancher im Volke ein bisserl unterschätzt und dass sich die Politik nicht vorstellen kann, dass einer auf jeden Fall grillen wird, wenn er grillen will. Er jedenfalls ist keiner, der wegen der depperten Nationalratswahl auf seinen lange hinausgeschobenen Urlaub samt Wildsau am Spieß verzichten wird, das ist er vom Typ her einfach überhaupt nicht. Nur weil er in den letzten Wochen wie der alte Löwe in der Savanne auf seiner faulen Haut herumliegt und keinen kleinen Zeh mehr rührt, braucht noch keiner zu glauben, dass er nicht noch einen gewaltigen Hieb in seiner Pranke stecken hat (wie der alte Löwe in der Savanne). Zum Jason Castelli im Dschungel von Kongolien zum Beispiel sagt ja auch keiner ungestraft „Urlaubssperre!“, schlag nach in Folge 3298, als die königliche Majestät ungestraft per Telefon aus dem Palast heraus zu ihm „Urlaubssperre!“ gesagt hat, weil sie an diesem Tag justament reiten gehen wollte und er auf sie hätte aufpassen sollen, und als Dank dafür hat sie dann eine ordentliche Beleidigung geerntet. Also falls einer aus der heimischen Regentenschaft so deppert sein sollte und ihm in sein Revier hereinscheißen will, dann hat der Biermösel gewiss seine Mittel und Wege, dass die Wahlen nicht stattfinden werden, und er redet jetzt sicher nicht von einer Beleidigung oder so was.

Anders als das ganze depperte Knechtsvolk wird sich der Biermösel nicht mehr mit dem gedachten und erträumten Protest zufriedengeben, mit ein paar geschwenkten Fahnen oder dem Absingen von Protestliedern („Chef vom Ganzen! Chef vom Ganzen! Haut ihm eine in den Ranzen!“), mit einem sorgfältig formulierten Brief oder dem Umschmeißen von Wahlplakaten und dem anschließenden Draufscheißen.

Als Aktiven hat ihn die Politik ja nie gereizt, obwohl der Biermösel natürlich das Zeug dazu gehabt hätte – elend genug ist er, dreckig genug ist er auch, und die faule Haut als Gehrock steht ihm ganz ausgezeichnet. Aber in der Politik sind die Reihen vorne und hinten dicht gestellt mit den Dümmsten und Unfähigsten, das hat er auf der morgendlichen Fahrt hierher auf den Posten wieder einmal in der Straße der Sieger gesehen, unter der auch jetzt noch der Kanal und die Scheiße dahinrinnt. Die Reihen sind dort schon so dicht mit Plakatständern gestellt, dass er dort sehr leicht seinen erwünschten Nach- und Erbfolger in das Wahlfach „Schießen“ hätte einführen können, nicht zu verwechseln mit dem Pflichtfach „Scheißen“ natürlich.

Was für eine Verschwendung, dass er nicht weitergeben kann, was er weiß über das depperte Volk und das saftige Land, über die Flüsse und Seen (die keine mehr sind), über das Bier und die Zelte, über das Wirtshaus und die Schlägereien, über die Sonne und den Mond. Wie traurig, dass ihm keiner mehr zuhört, wenn er vom Grillen und den Säuen redet, von den Ackerbauern und Viehzüchtern! Was für ein Verlust, dass es – nach allem, was man heute weiß! – keinen Erbfolger gibt, den er zu einem hitzebeständigen Krieger mit stets offenem Visier hätte ausbilden können, zu einem widerständigen, eigensinnigen Denker, der sich auch zur Politik seine Gedanken macht.

Der Biermösel hätte seinen Kronprinzen in der Straße der Sieger von der Fips absteigen lassen, ihm die Doppelläufige in die Hand gedrückt und ihm „Politische Bildung“ beigebracht:

„Da ist der Chef vom Ganzen, und jetzt schieß!“

„Wohin soll ich denn schießen?“, hat er sich den Erbfolger als politisch leidenschaftlich interessierten Ballermann vorgestellt, und der Biermösel hätte ihm gerne mit Rat und Tat zur Seite gestanden:

„Auf die schmalen Lippen! Zwischen die gemeinen Augen! Entlang vom Scheitel! Kruzifix, ist doch wurscht, wo du den Jazzer triffst, Hauptsache, du haust ihn um!"

Der politische Mord ist nach Meinung vom Biermösel sowieso zu Unrecht ein bisserl aus der Mode gekommen.

Weil er aber keinen Nachfolger parat hat, jedenfalls nach allem, was man heute weiß, hat er wieder alles selber umschießen müssen, und jedes Mal, wenn er den Chef vom Ganzen mit einem gezielten Schuss zerfetzt hat, ist dem Biermösel zur Feier ein Schöner ausgekommen, und hoppala, plus 42,3 – plus 43,6° im Schatten, und das in einer halben Stunde.

Ansprache

Vielleicht ist ja doch noch nicht alles zu spät, denkt sich der Biermösel dann im Bierdusel, vielleicht geht sich ja noch ein Nachfolger aus, mit einer leichtbeschürzten Heldin, die ihn aus seinem Elend herausholt wie am Ende von jeder Geschichte irgendeine leichtbeschürzte Einheimische den Jason Castelli aus seinem Suppentopf?

Aber da könnte ihm genauso gut eine Märchentante erzählen, dass da draußen die ganze Zeit ein kleiner Bruder von ihm herumgerannt ist, den er ja auch hätte zum Nachfolger ausbilden können, wenn er nur rechtzeitig von ihm erfahren hätte, du meine Güte, das wäre dann genauso deppert, auf solche „Wunder hier, Wunder da, Wunder gibt's das ganze Jahr", wie der Weiß Ferdl sie auch besingt, kann und will der Biermösel wirklich nicht hoffen, das wäre ja unreif, da trinkt er lieber noch eines und lässt er noch einen fahren, und hoppala, plus 43,7° im Schatten.

„Und jetzt zur Abwechslung eine Ansprache vom Chef vom Ganzen zur beschissenen Lage der Nation", hört der Biermösel dann den bärigen Hansi von *Radio Saftige Heimat* durch irgendein Fenster aus irgendeinem Radio von irgendeinem aus dem Volk. „Gerichtet an sein Volk, jetzt bitte alle aufstehen, die Hand aufs Herz, die Lauscher weit aufsperren und nach der Bundeshymne gut zuhören, wir senden selbstverständlich live!"

Na dann, hat sich der Biermösel gedacht und sich als politisch Interessierter ein Bier zur Ansprache vergönnt, dann noch eines, dann zwei, dann vier, dann sechs, dann hat er aufgehört zu zählen, noch bevor der Chef vom Ganzen überhaupt mit seiner Ansprache hat anfangen können, weil die Bundeshymne so lange dauert. Gar nicht schlecht übrigens, hat er sich zu dem zähen „Heimat, bist du großer Söhne" gedacht, auch wenn ihm natürlich „Duttelwatschen & Bier Vol. 5" von den Radinger

Spitzbuben besser gefällt, aber da sind die Menschen halt verschieden, der eine so, der andere anders.

„Liebe Landsleute, Manderl! Weiberl!“, fängt der Chef vom Ganzen dann endlich an zu erzähen. „Die Probleme in der Mandschurei kriegen wir langsam in den Griff, bald wird wieder ein jeder eine Arbeit haben, das Weihnachtsgeschäft ist gut gelaufen, und den Roten Khmer werden wir nicht hereinlassen, das verspreche ich euch hoch und heilig – ähem – bei den gefüllten Paprika von meinem Innenminister – Hallo! – kann mir vielleicht irgendwer von euch Trotteln die richtige Ansprache bringen?“

Na gut, denkt sich der Biermösel, das geht sicher besser, das hätte er auch gekonnt, für so was muss man einen Mann nicht studieren lassen. Aber er will ihm natürlich noch eine Chance geben, während er sich als vorbildlicher Demokrat noch eine Kiste auf die Schwitzhütte stellt, das wird ja heute länger dauern, hat er bald erkannt.

Während im Radio drinnen peinliches Schweigen herrscht, während der Sekretär vom Chef vom Ganzen um die richtige Ansprache ins Amtshaus hinüberrennt, schaut der Biermösel interessiert den Rinnsalen an Schweiß zu, die seinen gequälten Körper verlassen, kaum dass er die Kiste hineingeschüttet hat, was da mit seinem Körper passiert, das ist bei weitem interessanter als die Ansprache vom Chef vom Ganzen.

Es sind geschätzte zwölf Liter reines Bier, die er da augenblicklich wieder herausschwitzt, das ist bei weitem mehr, als in früheren Jahren Regen gefallen ist.

Besorgt wie der Chef vom Ganzen, wenn er an die Mandschurei denkt, überlegt der Biermösel also, ob er mit seinem Schweiß nicht ein bisserl sorgsamer umgehen könnte, als nur mit seinen nackten Füßen darin herumzuspielen. Wenn man nämlich bedenkt, welchen gesegneten Volkskörper-Kreislauf der Schweiß bis vor kurzem noch durchlaufen hat, dann kann sich ein jeder mit einer Mindestfantasie im Volk draußen ausmalen, dass das Zeug noch genug Alkohol enthält, um eine Kompanie Zimttörtchenscheißerinnen zum Kippen zu bringen, wenn sie nur daran riechen, und diese Chance sollte er sich vielleicht nicht entgehen lassen, also wo ist denn schon wieder der Nachttopf, in dem er den Schweiß sammeln könnte?

„Die Probleme in der Mandschurei", fängt der Chef vom Ganzen dann wieder von ganz vorne an, während der Biermösel ruhig in den Nachttopf hineinschwitzt, „werden wir raschest lösen, bald wird wieder jeder eine Arbeit haben – Herrgottnocheinmal, kann mir vielleicht einer meine Lesebrille suchen, jetzt habe ich zwar die richtige Rede, aber ich finde die Lesebrille nicht mehr!"

Immer diese Probleme in der Politik!

„Dann red halt aus dem Stegreif heraus, du Trottel!", schreit der Biermösel ihn im Radio drinnen an, schön langsam ist er wirklich ein bisserl enttäuscht von den Qualitäten seiner Staatsspitze, aber wie von Zauberhand folgt er ihm:

„Dann rede ich halt aus dem Stehgreif heraus!", fährt der Chef vom Ganzen endlich fort: „Wer nicht mit uns ist, der ist gegen uns, ein langes Leben sei ihm nicht beschieden, darum am Humtata-Sonntag bitte Liste 1 ‚Die Ackerbau- und Viehzuchtpartei' wählen, gesegnet sei der Herr!"

Na dann, denkt sich der Biermösel, auf ein langes Leben sowieso geschissen. Dann trinkt er ein paar kräftige Schlucke vom guten 48-prozentigen Schweiß, den er im Nachttopf gesammelt hat, und schon rumort es – wie es der Plan war – gewaltig in seinen Eingeweiden, und er hat das Gefühl, dass sich aus den tiefen Windungen seiner Darmlandschaft heraus einer löst, der schon lange ans Licht der Welt herausdrängt und der den Chef vom Ganzen mitsamt dem Radio in die Klomuschel hineinbläst, da soll der Mensch nicht zum Saufen anfangen, wenn er sich so was anhören muss, und hoppala, plus 44,0° im Schatten!

Neulich hat ihn der Doktor Krisper nach dem alljährlichen Pflichtcheck für reifere Gendarmenkörper (Kamin, Kniekehle, Fettanteil sowie Groß-, Klein- und Nebenhirn – Nebenhirn?) unter vier Augen und mit besorgter Miene wieder einmal zum hoffnungslosen Alkoholiker erklärt, auch wenn er den Fragebogen an das Ministerium wieder einmal – ein letztes Mal! – geschönt und unter der Rubrik „Trinkgewohnheiten" nur die einheimische Durchschnittsnorm „regelmäßig" eingetragen hat, die genaue Mengenangabe dazu hat er aber netterweise „vergessen".

Die Wahrheit über sein Trinkverhalten, hat der Herr Doktor gemeint, täte wahrscheinlich seine umgehende Entfernung aus dem Staatsdienst bedeuten („Dann schreib die Wahrheit!") sowie seine sofortige Überführung in einen stillgelegten Salzbergwerkstollen irgendwo in Kasachien drüben, aus dem ihn dann auch der Superermittler Jason Castelli nicht mehr retten könnte. Aber dann wäre die Welt um ihn herum wenigstens für ein paar hunderttausend Jahre vor seinem rundum verseuchten Körper sicher, das war jedenfalls dem Doktor Krisper seine Prognose nach dem alljährlichen Pflichtcheck.

Aber da muss der Biermösel natürlich immer lachen, wenn einer, der studiert hat, so deppert ist und meilenweit an der richtigen Diagnose vorbeigeht. Das erinnert ihn in seiner Blödheit ja fast an den Ausbildner in der Gendarmerieschule in Linz oben, der ihn von der ersten Schulstunde an mit dem Thema belästigt hat: „Pass einmal auf, Biermösel", hat er immer wieder zu ihm gesagt, „hast du dir eigentlich schon einmal überlegt, was du für den Staat tun kannst, anstatt dass du mich immer nur fragst, wann die nächste Pause ist, in der du dein Bier saufen kannst, ich glaube ja fast, du bist ein Alkoholiker!" Und dann hat er ihn wieder zum Anstaltspsychologen geschickt und immer wieder, und der Herr Professor hat ihn dann gefragt, wie das bei ihm genau mit den Milchdutteln von seiner Mutti gewesen ist, ob er eh genug vom weißen Milli-Zeugs gekriegt hat, oder ob es bei ihm eher zu wenig war, Kruzifixnocheinmal, was hat denn bitte das eine mit dem anderen zu tun, und warum muss ihn denn eigentlich alles und jeder an seine Mutti und ihre Milchdutteln erinnern, das Kapitel in seinem Leben täte er schön langsam wirklich gerne verdrängen!

„Muss man ansetzten Hebel bei Zufuhre, nicht bei Ausstoße", hat ihm der Doktor Krisper dann angeboten, als ihm der Biermösel nach dem Pflichtcheck ein paar harmlose, aber doch erwähnenswerte Zündaussetzer beim Ausstoß der Gase nach der ergiebigen Zufuhr gebeichtet hat, ein paar Minuten lang ist nämlich auf einmal gar nichts mehr gegangen, kein leises „Pffft" und kein lautes „Tröööt", worauf der Doktor ihm gleich vorgeschlagen hat:

„Baue ich dir gerne neue Leber ein von unlängst verstorbene, sehr leckere Novize aus Männerkloster drüben in Bad Ischl, was hängt bei mir in Garage herum. Wenn Saft von Gerste geht wieder hinunter wie Öl, dann läuft Motor von Biermösel wieder wie geschmiert, bravo."

Aber der Biermösel hat es natürlich strikt abgelehnt, dass ihm der liebe Herr Doktor die Leber von einem Weihwasserschlucker einbaut, er ist ja nicht süchtig, er ist ja nur durstig. Zu sehr hat er sich außerdem an seinen eigenen bewährten Sauflappen gewöhnt, als dass er ihn im fortgeschrittenen Alter noch hergeben möchte, da wird der Mensch störrisch. Lieber will er zu ihm stehen in guten wie in schlechten Zeiten, er ist ja keiner, der sich wegen jedem kleinen Zündaussetzer gleich eine neue Leber einbauen lässt. Solange er nicht gelb anläuft wie ein Chinese, wird er mit seinem eigenen Fetzen weitersaufen, das ist seine Meinung zu den Chinesen. Trinke in der Zeit, dann hast du auch in der Not noch einen gewaltigen Rausch, so hat er es sein Leben lang gehalten, und spätestens nach der Volksschulzeit ändert sich der Mensch ja nicht mehr.

Verheerende Wirkung

Hätte er also anders gelebt, wenn ihm der Doktor Krisper schon früher gesagt hätte, dass das ganze zugeführte Bier ihn einsam machen und er deswegen die halbe Zeit von seinem ganzen Leben wahlweise auf der Schwitzhütte, dem Erlebnispark oder im Musentempel, jedenfalls auf seinem Scheißhaus verbringen wird müssen? Hätte er irgendwas anders gemacht, wenn er gewusst hätte, wie teuer das alles über das lange elende Leben gerechnet wird, und dass er schon den Gegenwert von einer halben Flachdachneubausiedlung versoffen hat, hätte er deswegen anders gelebt?

Dazu vom Biermösel vielleicht nur zwei Worte:

Sicher nicht!

Das Volk muss sich ja schließlich darauf verlassen können, dass es bei ihm in sicheren Händen ist, aber das ist es natürlich nur, wenn sein Motor wie geschmiert läuft und er die gewisse notwenige Dosis im System hat. Wenn er nämlich zu wenig nachgefüllt hat, dann wird er sprunghaft und unzuverlässig, er kriegt das Reißen in den Waden und spürt die gewisse unruhige Anspannung in der Seele, dann wird er launisch und deppert, er ist schnell eingeschnappt und nachtragend und verliert die Kontrolle über sich selbst sowie über die Dienstwaffe – und peng!

Also scheißt er auf den ganzen Wahnsinn mit dem Mineralwasser im Sommer und dem warmen Tee im Winter, er ist ja ein versoffener Wurm, seit er denken kann, und geht den Weg allen Fleisches halt ein bisserl weniger aufrecht als andere, aber das tut er dafür mit erhobenem Haupte.

Und hat am Ende der vielleicht mehr vom Leben gehabt, der alle Chancen genützt, aber dafür nie ein Bier gesoffen hat? Er glaubt wirklich nicht, dass er auf so eine depperte Frage irgendwem eine Antwort schuldig ist! Was herauskommt, wenn einer gesund lebt, das sieht er ja jeden Tag an den ganzen perfekt trainierten, mit Mineralwasser gespülten und mit Salat gequälten Körpern, die der stetig zunehmenden Kraft vom Himmelsgestirn nichts anderes entgegenzusetzen gehabt haben als ihr gelungenes Leben! In Sekundenschnelle sind sie alle miteinander entwässert, kaum dass sie ihren Schädel der Sonne dargeboten haben, weil sie ihrem Körper ein Leben lang zu wenig Elektrolyte zugeführt haben, und jetzt sind ihre Bäuche halt aufgebläht und ihre Kadaver geplatzt, aber Hauptsache, sie waren gesund!

Aber auch der Biermösel säuft dann einmal für ein paar kurze Augenblicke lang gar nichts, sondern hält den Schädel beim Fenster hinaus und bietet ihn zur Abwechslung der Sonne dar.

„Das soll heiß sein?“, schreit er, und als er das brennende Gestrüpp auf seinem Schädel dann wieder hereinholt, läutet es überraschend an der Tür, und er fragt sich:

Wer wird denn das wieder sein? Da wird doch hoffentlich keine politische Bewegung im direkten Gespräch mit ihm um seine Stimme werben wollen, so deppert kann und wird doch hoffentlich keiner sein?

Aber freilich!

Ausgerechnet die Abgesandten vom MOVIEMENTO CONTRO IL ALCOHOL, DAFÜR PRO JESU – Liste 17 probieren es heute bei ihm, und er hat ihnen natürlich gleich ein einmaliges Bild von der heutigen Wählerlandschaft geboten, als er ihnen mit seinem rauchenden Schädel und der schon gewaltigen Schlagseite die Türe geöffnet hat, „Hereinspaziert!“

Die radikalkatholische Splittergruppe im Kielwasser des im letzten Frühling tragisch von seiner eigenen Glocke gespaltenen Pfarrer Hein ist dann zu ihm hereingekommen wie die Sternsinger, allesamt Weihwassersäufer der Letzten Stunden, die sich in ihrer vollkommenen Alkoholabstinenz zusammenfantasieren, dass die aufkommende Hitze im Tal in ursächlichem Zusammenhang mit dem weitverbreiteten Saufen auf Erden steht, und, will der Biermösel gerne zugeben, zumindest was seinen Beitrag anbelangt, haben sie damit gar nicht einmal so unrecht. Zum Beweis lässt er gleich einen Ketzerischen fahren, der sie noch nicht gleich aus den Socken hebt, aber die Ohren wackeln ihnen schon ganz gewaltig, als er noch einen nachlegt, und hoppala, plus 44,6° im Schatten.

„Worum geht's?"

Die Weiber vom Moviemento prophezeien ihm dann im Wesentlichen, dass ein jeder, der brav ist und nichts säuft und das auch durch seine Stimme für ihre Bewegung im irdischen Leben bezeugt, in den Himmel hinaufkommen wird, dass aber andererseit jeder die Hölle sehen wird, der trotz diesem Wissen weitersäuft und wen anderen wählt, „also was sagst du dazu?"

„Bitte Hölle!"

Na gut, haben sie sich gedacht, da sind harte Bretter zu bohren, den Biermösel müssen wir anders brechen. Also haben sie ihm ihre Botschaft im vielstimmigen Singsang dargebracht, in der Melodie der Sommerhits vom Weiß Ferdl, und zwo, drei, gemma:

„Himmel hier und Hölle dort
Welches ist der bess're Ort?
Lieber Mann, sei gescheit
Wähl den Himmel, es ist Zeit!"

Sein Körper war und ist dem König Alkohol aber ein guter Gastgeber, seit er denken kann. Die beiden verstehen sich blind und haben eine große Freude aneinander, und das ist ihm persönlich schon ein Anliegen, dass wenigstens sein Körper eine Freude am Leben hat, wenn schon er keine Freude am Leben hat, also Gegenfrage:

„Könnt ihr mir auch nur einen Fall nennen, in dem das Bier keine heilende, sondern eine verheerende Wirkung gezeigt hat, wie ihr immer sagt, ich wiederhole: auch nur einen – hicks! – Fall?"

Der Biermösel hätte dann, wenn überhaupt, darauf gewartet, dass sie als Beispiel für den einen Fall vielleicht seinen alten Freund Grasmuck nennen, mit dem er neulich gut sicht- und hörbar durch den sterbenden Ort gedonnert ist, nachdem er ihn aus dem Puff in Goisern drüben herausgeholt und ihm die Erderwärmungs-Assistenz übertragen hat, damit es ein bisserl schneller geht. Er hat ihn hinübergebracht in den Auerhahn, wo er ihn an die Pipeline angeschlossen und oben am Dachboden aufgestellt hat, von wo aus er in die Atmosphäre hinausfeuert, und hoppala, waren es schon plus 44,9° im Schatten, kaum dass er ihn dort aufgestellt hat.

Aber an den Grasmuck haben sie gar nicht gedacht. Stattdessen haben sie alle miteinander den Biermösel von oben bis unten angeschaut, wie er so dagestanden ist und gewackelt hat wie der Mast einer Fregatte im Sturm. Dann haben sie sich alle miteinander (Anmerkung Biermösel: theatralisch!) die Nase zugehalten, und die eine von ihnen, die das Zeug zur Schauspielerin gehabt hätte, hat dann überhaupt den sterbenden Schwan gespielt, nachdem sie zuvor sehr theatralisch an seinem Mund gerochen hat, aber ein Beispiel für die verheerende Wirkung vom Alkohol, wie von ihm verlangt, haben sie ihm natürlich nicht nennen können.

Da hat ihn die eine von ihnen, die ihr Leben lang nur Kräuter und Wurzeln gefressen hat, ein bisserl um die Ecke herum heilen wollen und ihn vor der angeblich schädlichen Wirkung vom Alkohol in seinem Körper gewarnt:

„Und dass sich das Bier in deinem Körper in nichts anderes als Zucker verwandelt, was sagst du dazu?“

„Mehr Zucker!“

Selbst wenn er wollte, könnte er jetzt nicht mehr mit dem Furzen aufhören, weil er nicht mehr mit dem Saufen aufhören kann. Warum? Er hat schon so viel zugeführt, dass er immer mehr ausstößt, und je mehr er ausstößt, desto heißer wird es, desto mehr schwitzt er, und desto mehr muss er wiederum zuführen, Herrgottnocheinmal, wie oft muss er denn das noch erklären, das ist halt der Kreislauf des Lebens.

Die Frage lautet also schon lange nicht mehr: Wie heiß wird es heute, auf welchen Berg gehen wir? Die Frage lautet nur noch: Wen haut die Sonne mit ihrer zupackenden Faust als Nächsten aus den Schuhen, wo und wann ist es so weit?

„Wirst du sicherlich sein letzte Mann stehend!", hat ihm der Doktor Krisper neulich auch gleich den Hitze-TÜV verpasst, als sie nach dem Routinecheck gemeinsam auch gleich den Erste-Hilfe-Plan für das ins Haus stehende Humtata-Wochenende samt den damit verbundenen Neuwahlen besprechen wollten, der Doktor Krisper war dabei äußerst besorgt, der Biermösel äußerst zufrieden, und zwar jeweils wegen der bedenklich steigenden Temperaturen und der ungewohnt vielen Hitzetoten.

Weil der Doktor Krisper aber mit dem Landarztköfferchen im Landarztkombi am Humtata-Wochenende nicht mehr alles alleine wird erledigen können, hat er vorsorglich gleich einmal seine Mannschaft erweitert und den Tischlermeister Benjamin Hurnaus als Notarzt zwangsverpflichtet, weil der Ben Hur in seinem Leben die meisten abgeschnittenen Finger im Tal gesehen hat und sich obendrein gut mit Tieren auskennt, namentlich mit dem Holzwurm. Da kann man in Zeiten der Not und mit sehr viel gutem Willen schon fast von einem Tierarzt sprechen, und vom Tierarzt wären es dann nur noch ein paar kleine Prüfungen bis zum Notarzt, die er ja im Herbst nachholen kann, das jedenfalls waren die medizinischen

Überlegungen vom Doktor Krisper zum ins Haus stehenden Humtata-Wochenende.

Wer aber räumt den ganzen Dreck weg, die Leichen, die halb und ganz Verfaulten, die Verdurstenden und Ausgetrockneten, die auf halbem Wege Liegengebliebenen und die in ihren Autos Verbrannten? Wer schiebt die kollabierten Sommerfrischler und Tagestouristen an den Straßenrand, sobald sie mitten auf dem glühenden Asphalt umgefallen sind, und wer bringt den Kindern der sonnenverbrannten Nordic Walker bei, dass ihre Sportskanonen-Eltern auch dann gestorben wären, wenn sie die vergessenen Schi mitgehabt hätten?

Die Erfahrungen der letzten Jahrzehnte, während der beim Humtata-Wochenende der Blutzoll jedes Jahr immer noch um ein paar hundert Liter gestiegen ist, haben den Doktor Krisper jedenfalls gelehrt, dass er mit der Erstversorgung der ganzen im Blutrausch angestochenen, vom Alkohol gefällten und im eigenen Erbrochenen Erstickenden sowie mit dem Schienen der gebrochenen oder verstauchten Knöchel der ganzen Tanzwütigen so viel zu tun haben wird, dass er sich zum Beispiel nicht auch noch um die Kaputten, Verletzten, Verblutenden und Zerrissenen kümmern kann, die anschließend an den Bierzeltrausch noch bei den zahlreichen Verkehrsunfällen zusammengeklaubt werden müssen, teils aus Eigenverschuldung (Alkohollimit missachtet!), teils aber auch wegen der vielen Schlaglöcher in den Straßen krachen dann immer alle gegeneinander, gut möglich, dass auch der heilige Christophorus sich schon in eine kühlende Stranddisco auf Kreta verabschiedet hat.

Als wäre so ein Humtata-Wochenende alleine nicht schon genug der Arbeit, kommt in diesem Sommer auch noch die sogenannte „unsägliche Hitze“ dazu, wie der Doktor das bisserl heiße Luft nennt, das selbst er nicht gewohnt ist, obwohl das schon eher ein Sommer war, was sie dort früher gekannt haben, als er noch Tanzbär in den bulgarischen Karpaten war und nicht

Landarzt bei den heimischen Problemboys – „Biermösel!", hat er immer wieder gerne erzählt, „wir haben bunte Kleider getragen, uns an den Händen gehalten und Ringelreiha getanzt mit unseren großen Schuhen samt Quasten vorne dran und den lustigen Hauben oben drauf, oh Biermösel, war das schön!"

Die unerwartete Hitze wird bei den regenverwöhnten Einheimischen zu Hitzschlag und Hitzestau führen, hat ihm der Doktor Krisper erklärt, und der Biermösel glaubt, dass der Doktor selbst schon betroffen ist. Dazu die Probleme mit den ganzen Touristen und Sommerfrischlern, welche die Hitze erst recht nicht gewohnt sind, weil sie ja immer wegen dem verlässlichen Regenwetter samt dem hereinziehenden Nebel hierhergekommen sind, also wer soll die bitte alle wegräumen?

Keine Armee der Welt kann die ganzen zu erwartenden Verheerungen beseitigen, da braucht es schon einen Profi, geschult und gestählt im täglichen Kampf mit den Klobrillen der engeren Heimat, mit den abgeschnittenen Zehennägeln der gehobenen Herrschaften und dem ganzen anderen Dreck, den so eine Gesellschaft anzurichten imstande ist.

Da braucht man vor allem einen guten Magen!

Vor den Toten und Elenden hat der Mensch ja obendrein eine gewisse natürliche Scheu, die sind ihm meist ferner als das nächste Bierglas. Wenn also schon beim Notarzt gespart wird, so hat der Doktor Krisper für die Aufräumarbeiten auf die diplomierte Putzfrau bestanden, und um die zu finden, hat er nur auf die one and only Fachkraft im Wegräumen zurückgreifen müssen, die Vertragsunterzeichnung mit der Anni war dann nur noch Formsache.

Im Sommer sind nämlich immer alle weg, die von ihr das Scheißhaus herausgeputzt haben wollen. Langjährige Stammkunden wie der Pfarrer Hein sind obendrein weggefallen, seit ihn der Biermösel im Frühjahr eliminiert hat, und die, die noch leben, haben entweder bei der Hitze kein Verlangen nach Sex oder drehen im Gegenteil durch und rennen den Tagestouristinnen und Sommerfrischlerinnen nach wie der Biermösel bei seinen privaten Winnetou-Festspielen dem Flüchtlingsrotzbuben Juanito mit seinem Mondgesicht aus Leder, und das heißt dann für die Anni natürlich: Flaute im Geldsack, Schulden bis über beide Ohren und Sorgen mit den Zwillingen, die gegen alles und jeden rebellieren, weil sie in einem schwierigen Alter sind und ihren Papa nicht kennen, der ihnen die Ohrwascherl langziehen könnte, wenn es denn einmal sein muss, du meine Güte, seine Anni!

Der Doktor Krisper hat sie also mit einer schönen weißen Rot-Kreuz-Uniform ausgestattet und mit einer Kühlkiste samt Eiswürfel drinnen, „was du schüttest bitte drüber über ganze Haufen von kaputte Leute, was du dann schiebst mit Fußspitze hinein in die Graben, damit nicht leidet schäääne Bild von schäääne Ort!“ Und für den unwahrscheinlich Fall, dass sich doch noch einer rühren sollte, hat er ihr auch gleich ein Notfallfläschchen mit eisgekühltem Bier für die Erstversorgung umgehängt wie dem Bernhardiner das Schnapsfass, „und wie die Mund-zu-Mund-Beatmung geht, das brauche ich dir ja wohl nicht zu erklären?“

„Nein, danke.“

Anstatt im Bierzelt drinnen aufzuräumen, wie sie es früher immer getan hat, wird sie heuer also mit der Taschenlampe ihre Runden um das Zelt herum drehen und Ausschau nach eventuell noch Lebenden halten, denen sie mit einem feuchten Lappen die Stirn kühlen soll und vielleicht sogar ihre schönen, feuchten Lippen auf andere draufdrücken, auf grausliche, nach Bier und Zigaretten stinkende Lippen, und ihnen dann vielleicht sogar – der Biermösel will gar nicht daran denken! – die Zunge hineinstecken, wie das die Weiber im Dschungel von Kongolien immer machen, nachdem sie den Jason gerettet haben, du meine Güte, wenn das passiert, dass die Anni einen Herzbuben mit ihrem Mund beatmet, dann dreht er durch.

Um nicht durchzudrehen, säuft der Biermösel dann noch eine Kiste Weizenbier und lässt einen Wahnsinnigen fahren, und weil er immer sentimental wird, wenn er an die Anni denkt, nimmt er „Duttelwatschen & Bier Vol. 62“ von den Radinger Spitzbuben aus dem Kassettenrekorder heraus und legt „Schö Tem“ vom Weiß Ferdl ein, seinen ewig gültigen Liebeshit. Das ist dann zwar ein bisserl peinlich für einen Django, wie er im Bilderbuch steht, aber es sieht ihn ja keiner.

Natürlich macht der Biermösel, der ja vom Wesen her ein Spitzbube ist, sich bei ein paar weiteren gezischten Bierchen zunächst einmal gehörig über den Ferdl lustig, der ja vom Wesen her ein Herzbube ist: So ein Blödsinn muss einem erst einmal einfallen! Und so einen Blödsinn muss man sich erst einmal zu singen trauen!

Jedoch muss man die Tränen auch erst einmal im Zaum halten können, Kruzifixnocheinmal, die einem aus den Sehwerkzeugen herausspringen wie das Bächlein aus der Quelle, sobald der Ferdl „Schö Tem“ zu singen anfängt, so schön ist das, und zwo, drei:

„Schö tem hier und schö tem da
Ich liebe dich das ganze Jahr
Überall auf der Welt
Wo's mir Herzbub grad gefällt.“

Und noch einmal!

Der Biermösel wischt das Tränenmeer vom Boden auf, das ihm aus den Äuglein herausgesprungen ist, während er den Blödsinn dreihundertdreizehnmal hintereinander angehört und dabei an die Anni gedacht hat. Dann reißt er das Fenster auf und sucht wieder einmal das Duell mit der Sonne, einerseits, um sich zu beruhigen, andererseits aus der reinen Laune des unterbeschäftigten und übellaunigen Einsamen heraus. Vielleicht, kommt ihm jetzt in den Sinn, erwärmt er die Erde ja sowie nur deshalb, weil er auch einmal auf der Straße kollabieren möchte, damit ihn die Anni mit dem Notfallfläschchen erstversorgen und ihm dann vielleicht sogar den nassen Zungenlappen in seinen Mund hineinstecken könnte, vielleicht ist er ja wirklich so unreif, wie ihm der Doktor Krisper immer einreden will.

Dort unten beim See, der nur noch einen Fingerhut breit ist, sieht er sie auf einmal, wegen der er die ganzen Tränen vergossen hat, größer als ein See. Wie ein Perle glänzt sie, wie Gold im Dreck, so würdig und schön ist sie, selbst bei der Hitze, wo alle anderen in ihrer Schwitzbrühe herumrennen, ist die Anni nur schön, schöner als in dieser flirrenden Hitze war sie noch nie, das ist seine Meinung über die Anni. Ihre Uniform ist makellos weiß, sie trägt keine Strumpfhosen darunter, wieso auch? Ihre Beine sind „formvollendet und aus Elfenbein", wie die depperten Herzbuben immer singen, aber wo sie recht haben, haben sie recht. Die ganzen Mon Chéris von ihren Kunden haben bei ihr nicht angeschlagen, jedenfalls nicht dort, wohin das Adlerauge vom Kenner reicht. Die Putzfrau Anni hat alles Schmutzige abgelegt, wie es ausschaut, das Scheißhaus als lebenslängliches Schlachtfeld liegt hinter ihr, vor ihr liegt das Schlachtfeld des Bierzelts am Humtata-Sonntag.

„Schö tem!", schmachtet der Biermösel und stützt seine Ellbogen auf dem Fensterbrett ab und seinen Schädel in seine Riesentrümmer Pratzen. „Schö tem!", seufzt er süßer und samtener noch als der Weiß Ferdl und Gott sei Dank unbeobachtet von allen, die ihn als Humtata-Feind kennen und als kompletten Anti-Romantiker schätzen.

„Schö tem hier!"

Er sieht sie da unten beim See, wo sie noch den Rettungsschwimmerschein hätte machen sollen, wie ihn der Doktor Krisper aufgetragen hat, „dürfen wir nicht vergessen solche, was immer heraus fallen aus Bierzelt und hinein mit Kopf voran in die See." Aber beides wird heuer nicht stattfinden: Die Besoffenen werden nicht hineinfallen, und die Anni wir ihnen nicht nachspringen – kein Wasser mehr!

„Und schö tem da!“

Der Biermösel weiß schon, warum immer nur die Anni die Mutter seiner Kinder hätte sein sollen, von den zwei strammen Buben, die er sich immer so sehr gewünscht hat und von denen er den Schwächling aussortiert und zur Roswitha in die Küche geschickt, den Stärkeren aber zum Nachfolger herangezogen hätte, Kruzifixnocheinmal, er weiß einfach nicht mehr genau, warum es sich letztlich einfach nie ausgegangen ist und sie nie ihre zwei Erbfolger an ihren Dutteln gesäugt hat, er weiß es einfach nicht mehr.

„Tu es nicht!“, schreit er hinunter zum See. „Was können denn die Ertrinkenden, was ich nicht auch könnte?“

„Die können danke sagen, wenn ich sie rette.“

Natürlich könnte er jetzt „Aber ich kann aus der Hüfte heraus feuern!“ sagen, aber das kommt heute sogar ihm selbst ein bisserl deppert vor. Außerdem: Kommt die Hitze, geht bei ihm das Verlangen, da will er ehrlich sein. Bei der Hitze ist das Blut viel zu dick, als dass es noch in den kleinen Biermösel hineinfinden täte und der sich aufbäumen könnte. Bei der Hitze ist auch der Biermösel ganz einheimische Hornhaut und hat überhaupt nichts mehr von einem verführerischen Schonn Gabönn, da ist auch er mehr der Bergbauer als der einfallsreiche, romantische Franzose mit seiner samtenen Stimme und seinen interessanten, hochfliegenden Gedanken, trotzdem:

„Schö tem hier und schö tem da!“, summt er leise mit dem Weiß Ferdl vor sich hin, „ich liebe dich das ganze Jahr!“

Meine Güte, hört ihm ja eh keiner zu, der ihn auslachen könnte.

Bierzelt

Die Spanier mögen Stiere durch die Straßen jagen, die Engländer mit Ruderbooten herumfahren, die Amerikaner Truthähne abstechen und die Franzosen ihre eigenen und jede Menge fremder Weiber verführen, worauf sich (Anmerkung: Biermösel: angeblich!) ihr einschlägiger Ruhm begründet –

Aber sie alle kennen das Bierzelt nicht!

Mehr allerdings kann ein Land nicht hervorbringen als das Bierzelt und seine ganzen Besoffenen, das ist die Meinung vom Chef vom Ganzen zum Bierzelt:

„Wer Augen hat zum Schauen, der schaue sich an: Frankreich zum Beispiel mit seinem Cognac", hat er neulich in seiner dramatischen Rede zur Lage der Nation gesagt, nachdem sie ihm endlich den richtigen Zettel gebracht haben: „Und dann schaue er sich im Vergleich dazu an: Österreich mit seinem Bier! Mehr brauche ich ja wohl nicht zu sagen! Was wäre zum Beispiel die russische Taiga ohne ihren niedrigen Himmel, die schöne blaue Donau ohne ihr Delta, und schließlich: Was wäre euer Bierzelt ohne das Freibier, das wir von der gesegneten Bundesregierung euch am Humtata-Sonntag spendieren werden, versprochen ist versprochen und wird auch nicht gebrochen, aber wählen müsst ihr uns dafür natürlich schon, bitte, danke."

Weniger im Umgang mit Volksmusikanten Geübte wie die Weiber vom Singkreis lässt schon die schlichte Erwähnung vom Humtata-Sonntag den kalten Angstschweiß auf die zerfurchte Stirn treten. Und zart Besaitete wie die Zimttörtchenscheißerinnen, die ihr Kaffeekränzchen überhaupt lieber in der Konditorei abhalten als im Bierzelt, appellieren an den Herrgott, dass er den Heizstrahler da oben vielleicht um zwanzig bis dreißig Grad herunterdrehen möge, weil die ohnehin aufgeheizte Stimmung im Bierzelt jetzt nicht nur wie üblich durch den Alkohol, sondern auch noch durch die ungewohnte Hitze komplett unsteuerbar wird und der ganze propere Ort im ausströmenden

Blut zu ersaufen droht. Aber da klopfen die zart Besaiteten und Zimttörtchenscheißerinnen aus der Konditorei beim Herrgott natürlich an die komplett falsche Tür, weil er, Pancho Villa, herunten auf der Erde den point of no return längst überschritten hat und munter drauflosfeuert, und hoppala, und hoppala, und hoppala, plus 45,2° im Schatten.

Mit der gut gewürzten Bohnensuppe Fuego sharpo samt den Kohlrouladen Bomba la Bomba aber, die er bei der Roswitha jeden Tag in Auftrag gibt und sich von ihr als kleine zusätzliche Brennhilfe immer in der Picknickbox auf den Gendarmerieposten bringen lässt, wird sich heuer das zahlenmäßige Aufkommen im Bierzelt – zumindest was den schnell wachsenden Mittelstand betrifft! – sowieso in Grenzen halten, da kann er den Doktor Kripser und die Zimttörtchenscheißerinnen beruhigen.

Das mit dem schnell wachsenden Mittelstand ist nämlich nach Meinung vom Biermösel auch keine gute Idee, weil sich dadurch immer noch mehr Depperte einen schwarzen Geländewagen leisten können und damit auch über die schlechtesten Straßen mit den tiefsten Schlaglöchern noch ins Tal des Lichts hereinströmen wollen, womit der Biermösel gar keine Freude hat. Also hat er sie heuer erst gar nicht hereingelassen, sondern gleich ins Tal des Todes umgeleitet, wo sie jetzt in der Falle hocken und ihre leblosen Körper sehr bald von einer einheimischen Putzfrau mit Eiswürfel bedeckt werden müssen.

Warum?

Sobald in so einem schwarzen Geländewagen erst einmal die Klimaanlage ausgefallen ist, was verlässlich passieren wird (sobald der Sprit ausgegangen ist, was ebenso verlässlich passieren wird), hat man in so einem schwarzen Geländewagen keine Chance mehr, weil es in einem schwarzen Geländewagen natürlich noch um einiges heißer wird als in einem roten zum Beispiel, darum!

Wie aber kann er es überhaupt wagen, so verächtlich über den Mittelsand zu reden, und wieso weiß er, dass die in ihren Geländewagen im Tal des Todes in der Falle hocken, ist er denn unter die Seher gegangen?

Das natürlich nicht gerade. Aber neben dem Schießen aus der Hüfte heraus hat er in seiner Arbeitszeit immer am liebsten Verkehrspolizist gespielt, da hat er es mit seiner Verkehrskelle in der Hand ausnahmsweise sogar einmal besser erwischt als der Jason Castelli im Dschungel von Kongolien, der ja dort kein weitverzweigtes Straßennetz kennt, sondern nur Elefantenpfade.

„Wo ist denn bitteschön eure ehedem so einmalig saftige Heimat?", haben die ganzen mittelständischen Sommerfrischler und Tagestouristen heute früh ein bisserl verschwitzt aus ihren rußgeschwärzten Gesichtern herausgeschaut, und sogar durch die getönte Windschutzscheibe hindurch war ihnen die gewisse Verstörung anzusehen, die immer dann einsetzt, wenn der Mittelständische sich fragt, ob er die Prämie für seine Rundumvollkasko-Versicherung gegen Schäden aus höherer Gewalt auch rechtzeitig einbezahlt hat, spätestens dann, wenn ihm auf einmal ein labiler Charakter wie der Biermösel in seiner schwarzen Verkehrspolizistentracht Marke Pancho Villa gegenübersteht, mit dem Haufen Bierschaum, der ihm oben herauswächst, und den zwei Patronengurten über die linke und rechte Schulter gelegt, ohne die überhaupt nichts mehr geht, weil ja heutzutage der erhobene Zeigefinger und der Tritt in den Arsch nicht mehr genügen, wenn man es gut mit dem Mittelstand meint:

„Um Gottes willen, zurück mit euch! Alles retour! Hinaus mit euch aus der saftigen Heimat!"

„Aber wir haben doch unseren Platz im Bierzelt bereits bezahlt!"

Dieser Hochmut im Angesicht des Todes! Der Biermösel versteht ihn nicht.

Also hat er halt das große UMLEITUNG-Schild an eine verkohlte Silbertanne gelehnt und mit Unterstützung seines elegant geschwungenen linken Armes und unter lauten „Weiter! Weiter! Schneller! Schneller!"-Rufen die Uneinsichtigen und Hochmütigen ins Tal des Lichts hineingeleitet, das er aber schon vorher in Tal des Todes umbenannt hat, weil es darin keine besondere weitere Sehenswürdigkeiten mehr gibt, außer vielleicht das KEINE-MÖGLICHKEIT-ZUM-UMKEHREN-Schild, das er rechtzeitig zu Beginn der Massentouristensaison dort angebracht hat.

Darum weiß der Biermösel also, dass der ganze Mittelstand in seinen Geländewagen im Tal des Todes drinnen in der Falle hockt, da braucht er gar kein Seher zu sein, er hört sie ja sogar schreien.

Dabei sind auch seine eigenen Erinnerungen an das Bierzelt weiß Gott nicht nur schlecht! Versuch bitte einmal einer eine Vermisstenanzeige bei ihm zu erstatten, die so geht: Der rechtschaffene und gottesfürchtige Vati ist ins Cognaczelt gegangen und von dort nicht mehr zurückgekommen! Oder eine Körperverletzungsanzeige: Der Vati war im Wodkazelt und hat eine Wodkazelt-Rauferei angezettelt. Oder, ganz schlimm: Der Vati war im Wasserzelt und hat ... na, was denn? Dem Biermösel fällt dann gar nicht mehr ein, was man mit Wasser alles machen kann, sachdienliche Hinweise bitte unter Kennwort „H2O" an Biermösel, Aussee drüben.

In so einem Bierzelt kommt es ja nicht nur zu zahllosen ungewollten Schwangerschaften, sobald der einheimische Zuchtstier unter der Bierbank das Stadtröslein bestiegen hat. Es kommt auch regelmäßig zu bürgerkriegsähnlichen Zuständen, und so eine Bierzelt-Schlägerei (bitte ohne verweichlichten Mittelstand!) kommt seinen Vorstellungen von einem erfüllten Leben schon näher als das elende Bierzelt-Gedüdel von einem Weiß Ferdl oder dem Goldkehlchen-Duo oder den Shezuan Herzbuben. Der Biermösel erinnert sich, wenn er an das Bierzelt denkt, durchaus auch gerne an den einen oder anderen hochrangigen Politiker mit seinem über die Schultern geworfenen Jägerjopperl, den er mit einer Ladung Schrot in den Arsch von seinem Stimmenfang nach Hause geschickt hat, bevor er auch nur eine Hand hätte schütteln können. Insbesondere und mit großer Freude denkt der Biermösel auch an den einen oder anderen ungläubigen Blaublütler, der einfach nicht und nicht hat glauben wollen, dass sein Blut gar nicht blau ist, bis es ihm blutrot aus der Nase herausgespritzt ist, nachdem der Biermösel mit einem Nasenstüber den Beweis angetreten hat, daran erinnert er sich wirklich gerne.

Ein bisserl hat er ja auch selbst zum Event-Charakter vom Humtata-Sonntag beigetragen. Nicht zuletzt wegen dem Nervenkitzel, der von ihm ausgeht, stoßen zu den ganzen Volksmusikanten auch noch jedes Jahr die Abenteurer dazu, die es gerne ein bisserl körperbetont haben und nicht nur fidel.

Jetzt, in der Rückschau und mit dem Schädel draußen in der prallen Sonne, mit seinen leichten Seh- und schweren Denkstörungen infolge aufquellender Hirnmasse, erinnert er sich wieder durchaus gerne an die eine oder andere glorreiche Zeltfestveranstaltung, die er dem Trottelvolk vorzeitig mit der Doppelläufigen in der Hand abgedreht hat.

Immer, wenn die Duos und Trios und Enziane gerade am lautesten gesungen und gejodelt und die Stimmung gerade am Kochen war, immer dann hat der Biermösel als später Gast das Zelt betreten und hat einmal einen Ordentlichen fahren lassen, keinen, der den Krakatau drüben in der Sundastraße zum Explodieren gebracht hätte, aber einen Übelriechenden, der die Zelthaut hat welken lassen, gnade Gott. Dann hat er ihnen die Glühbirnen einzeln zerschossen, sodass nur noch die Notbeleuchtung an war und der Verfolgerscheinwerfer, der ihn frontal angeleuchtet hat, und dann hat er sie in die Hosen scheißen gehört und in der Art über ihn reden:

„Make way for the bad guy! There's the bad guy coming through! Better get out of his way!“

Und ein Nächster hat gesagt:

„Say good night to the bad guy! Come on. The last time you‘re gonna see a bad guy like this again!“

Zwar hat er ihre komplett fremden Dialekte nicht wirklich verstanden, aber wie sie über ihn geredet haben, das war natürlich Musik in seinen Ohren, der Respekt, der dabei durchgeklungen hat, war allzu süß. Und wie sich die Massen dann vor ihm geteilt haben wie das Meer vorm Moses, da ist er hindurchgeschritten durchs Zelt nach vorne zur Bühne, und dann war es still, weil alle davongerannt sind, und finster, weil er alle Birnen zerschossen hat. Und nur die eine war noch da, mit der er dann im Tanzboden eingebrochen ist, wo er dann unter dem Tanzboden eine Minute dreißig in seinem Leben glücklich war, aber Kruzifixnocheinmal, er weiß einfach nicht mehr, mit wem!

Tanzen

Das Problem mit dem Humtata-Wahnsinn heutzutage ist:

1. Sogar dem Japaner hinter seinen Schlitzaugen wird auffallen, dass jedes Jahr beim weiblichen Wahlvolk die Dutteln wieder noch größer geworden sind und die Lippen immer noch dicker, und das kann nicht nur an der gesunden Ernährung in der Stadt liegen! Bei den ganzen blondierten und tiefer gebräunten Weibern wird sich schon so manche komplett überteuert eingekaufte Ausseer Tracht gefragt haben, warum sie ihre Bestimmung ausgerechnet als Quetschbock hat finden müssen, früher haben die Dutteln bei den Weibern jedenfalls anders ausgeschaut, bildet der Biermösel sich ein, aber er kann sich natürlich auch täuschen.

2. glaubt heute schon ein jeder, der in eine Lederhose hineinpasst, dass er das Zeug zum Weiß Ferdl hat, nur dem Biermösel selbst ist die Karriere als Weiß Ferdl auf ewig versagt geblieben, ihn haben sie ja schon bei der Gendarmerieblasmusikkapelle abgelehnt, weil er angeblich schwierig vom Charakter her war:

„Du kannst keine schwere Tuba blasen, weil dir nach allem, was ich mit freiem Auge sehe, die in der saftigen Heimat vorgeschriebene Mutterbrust gefehlt hat!", hat der Gendarmerieblasmusikkapellen-Doktor festgestellt. „Und wegen der fehlenden Mutterbrust fehlt dir das Kalzium in den Knochen und der Halt im Leben, und ohne Halt im Leben kannst du natürlich unmöglich eine schwere Tuba tragen, da kippst du ja sofort aus den Schuhen!"

„Und eine kleine Flöte?"

„Abtreten!"

Während die anderen dann die schwere Tuba und das Jagdhorn getragen und geblasen haben, hat der Biermösel im Schlafsaal unter der Decke halt mit seiner kleinen Flöte gespielt, und während er mit seiner kleinen Flöte gespielt hat, hat er an seine Mutti und an ihre Dutteln gedacht, bis die kleine Flöte schön weiß gespritzt hat wie eine frisch geöffnete Weizenbierflasche, heilige Scheiße! Aber an wen hätte er denn sonst denken sollen, er hat ja damals wie heute keine anderen Weiber mit Dutteln gekannt außer seine Mutti und seine Schwester, an die er auch öfter gedacht hat, aber die Erinnerungen an seine Mutti waren und sind natürlich süßer, und hoppala! Fast spritzt seine Flöte noch einmal, aber natürlich spritzt sie in seinem Alter nur fast.

So schlecht er also in der Gendarmerieschule im „Tragen einer Tuba“ war, so unerreicht war er in „Ausharren und Standhaftbleiben im stärksten Scheinwerferlicht der Verhörspezialisten“. Erst wenn er mit beiden Schuhen im Ofen steht und ihm die Dackelohren als verbrannte Fetzen hinunterhängen und er die Haare als brennenden Dornbusch am Schädel trägt, dann erst ist der Biermösel halbwegs zufrieden mit der vorherrschenden Wetterlage.

Zum geborenen Südländer aber, der er heute ist, hat auch er sich erst entwickeln müssen:

„Wie iste dir gelungen große Kunstestucke?“, hat der Doktor Krisper neulich wieder einmal seine Nase in seine tiefste Wunde hineingesteckt, nachdem sie den Notfallplan für das Humtata-Wochenende besprochen haben und sich ihm – weil ein Patient für immer ausgefallen ist – noch ein Zeitloch aufgetan hat. Und so hat sich der zunächst harmlose Landarzttermin wieder zu einer Psychopathen-Sitzung ausgewachsen, während der sich aber der Doktor Kripser auf die Couch gelegt hat, weil es ihm zu heiß geworden ist, während der Feuerspender Biermösel die ganze Zeit aufrecht beim Fenster gestanden ist.

„Also erzähl!“

„Na pass auf!“, hat der Biermösel dann angefangen zu erzählen, was ihm seit Kindestagen am gebrochenen Herzen liegt. „Wenn der Alte Nachtdienst um Nachtdienst geschoben hat oder wieder einmal für ein paar Tage mit seinem Zuchteber Archie in der Beiwagenmaschine zur nächsten Landwirtschaftsmesse gefahren ist, dann hat mich die Biermösel-Mutti nicht zu sich ins Bett geholt und mich liebgehabt, sondern sie hat mich in die Selchkammer hineingesperrt, und zwar mit einer Kiste Bier gegen die Einsamkeit und einer zweiten gegen den Flüssigkeitsverlust!"

„heilige Maria!"

„Bis zum Gabelfrühstück hat sie mich dann nicht mehr herausgeholt, weil sie die ganze Nacht lang auf dem Wirthaustisch getanzt hat und von Schonnson damur und Schonns elisee geträumt hat und vom Schonn Gabönn!", erzählt der Biermösel mit sehnsuchtsvollen Augen, und der Doktor Krisper kann ihn nur mit einem „Schonnn gut!" trösten, „ist ja schonnnn gut!"

„Was dem Alten seine Schweinderl im Stall drinnen und das Kraut unten im Bottich waren, das war der Alten das gerne geschwungene sulzige Tanzbein zu Hause am Wirtshaustisch oder gerne auch auf den Tanzveranstaltungen in den Bierzelten der saftigen Heimat. Gegen das dunkle Gemüt vom Alten hat sie ihren unzähmbaren Bewegungsdrang gestellt, und gegen seine Fliegenfischerei ihre Tanzwut, wegen der sie sogar ihren Duttelhalter verbrannt hat, als Erste überhaupt weltweit, weil der Duttelhalter beim Tanzen natürlich nur gestört hat.

„Revolutionär!"

„Du mich auch!"

In der Selchkammer drinnen hat der Biermösel dann weiß Gott Zeit genug gehabt, dass er sich an die Hitze gewöhnt, während die Alte draußen am Tisch die Amerikaner und Engländer mit ihren Tanzeinlagen unterhalten hat, und leider war halt irgendwann auch ein Franzose dabei, der ihr mit seinem Dackelblick zugeschaut hat, wie sie sich schwarz angemalt und aus gelben Kukuruzkolben einen Rock gebastelt hat, und so ist sie auf den Tisch gestiegen und hat getanzt wie die doppelt und dreifach Gestörte, daher dem Biermösel seine Abneigung gegen das Tanzen.

Zwar beherrscht er selbst auch alle Fortbewegungsmöglichkeiten, die in so einem Bierzelt nachgefragt werden: auf den

Knien, am Bauch, im Kriechgang, im Krebsgang, rollend, wankend, schwankend, rückwärts-seitwärts-vorwärts und so weiter und so fort, er kann es bei der Fortbewegung wirklich mit allen im Bierzelt aufnehmen. Nur tanzen kann er halt nicht. Er hat ja mit seinen Gehwerkzeugen nie die Möglichkeiten gehabt, eine Frau um den Finger zu wickeln, zum Fred Astaire der Tanzböden hat er mit seinen Elefantenfüßen nicht heranwachsen können, seine Wut auf die davongerannte Biermösel-Mama und den französischen Hüftschwinger haben insbesondere immer die Zehen der angebeteten Damen zu spüren bekommen. Über den Tanzboden ist der Biermösel nämlich schon auch oft geflogen, aber halt nicht, weil er die Polka im Blut gehabt hätte, sondern den Marillenschnaps und den Zirbengeist. Seine Tanzschritte hießen „Rache" und „Wut", und sein Name war „Eisen". Der Doktor Krisper hat noch heute die Röntgenbilder von ein paar zertrümmerten und zertretenen Zehen bei sich in der Praxis an der Wand herumhängen, die auf das Konto vom Biermösel seinen zwei Mördern gegangen sind, Amputation inklusive. Und wer genau hinschaut, der sieht noch heute im Tal die eine oder andere in die Jahre Gekommene mit schmerzverzerrtem Gesicht herumrennen, und jeder kann sie an ihrem Holzstock als ehemalige Tanzpartnerin vom Biermösel erkennen, sobald das Wetter umschlägt, aber Gott sei Dank schlägt das Wetter jetzt nicht mehr um, denkt sich der Biermösel trotz allem zufrieden, und hoppala, plus 45,8 ° im Schatten.

Anders als der Alte, der nach dem Krieg langsam an der heimischen Schafskälte auf den Bergen und in den Herzen der Menschen verzweifelt ist und letztendlich Fliegenfischer geworden ist, hat sich die Biermösel-Mutti dann nicht mit der Aussicht auf seine Fische begnügt, sondern ist mit dem erstbesten Sommerfrischler durchgebrannt, der in der saftigen Heimat die starken ausländischen Zigaretten geraucht und ausgeschaut hat wie ein Franzose, und der dann halt sogar einer gewesen ist, so ein Glück muss man erst einmal haben!

Aber natürlich: des einen Glück, des anderen Leid.

Der depperte Franzose hat dem Biermösel nämlich nicht nur seine Mutti weggenommen, sondern auch gleich ihre gewaltigen Milchglocken, an denen er auch noch als heranwachsender Rotzbub, der er damals war, noch sehr gerne gehangen ist, das war dann natürlich schon sehr traurig.

„Erzähl weiter, Biermösel, wie war es genau?", wühlt der Doktor Krisper routiniert in den Wunden seines schwierigsten Patienten, aber zuhören tut er ihm natürlich nicht mehr, weil er den ganzen Scheißdreck schon ein paarmal gehört hat, und zwar ein paarmal zu oft:

„Humtata-Sonntag anno 52, ich war gerade einmal fünf Jahre alt und noch immer nicht von ihren Milchglocken entwöhnt, da bin ich unter dem Tanzboden im Bierzelt gelegen, wohin die Alte mich immer gesperrt hat, wenn sie zu Tanzveranstaltungen außerhalb von der Wirtsstube aufgebrochen ist, und von wo aus ich hinauf unter die Röcke von den Weibern habe schauen müssen, vielleicht daher meine Scheu vor dem anderen Geschlecht?"

„Möglich."

„Jedenfalls: draußen das Wetter schlecht, drinnen im Bierzelt die Stimmung aufgeheizt und schwül, stickig und voller Lust und Leidenschaft, sodass ich mich weiter an die Hitze habe gewöhnen können."

„Und weiter?"

„Dann ist der Franzose aufgetaucht und hat sie um den nächsten Tanz gebeten, aber was heißt hier Tanz? Der hat ihr während einer langsamen Polka einfach das Knie zwischen die fleischigen Schenkel gedrückt und das ganze dann ‚Tango' genannt, und dann war da nur noch Sehnsucht nach den Sternen, und jeder mit ein paar Augen im Schädel hat sehen können, dass es nicht Tanzen war, sondern …"

„Sondern was?"

„Körperliche Liebe. Schmutzige, alles verzehrende, dampfende körperliche Liebe ohne Punkt und Beistrich, Himmelmutter hilf!"

Am Anfang, erinnert sich der Biermösel weiter, haben noch alle Einheimischen über den ausländischen Trottel und seine neumodischen Tanzschritte gelacht, eine einheimische Polka schaut nämlich anders aus! Aber wie sie dann gesehen haben, was der mit der Alten aufgeführt hat und wie sehr ihr das gefällt, während ihre eigenen Weiber lieber an den baldigen Selbstmord gedacht haben als an den nächsten Tanz mit der eigenen Hornhaut, da haben sie ihn in seinem schwarzen Rollkragenpullover und mit seinem schwarzen Oberlippenbärtchen lieber mit den genagelten Schuhe zusammengetreten, weil er zwar kein Neger war, was sein einziger Vorteil war, aber natürlich auch kein Einheimischer, was sein großer Nachteil war:

„Nicht du tuen tanzen tun! Du tuen schauen, wie tuen gehen tanzen bei wir!", haben die Einheimischen zu ihm gesagt, und dann haben sie ihn zum nächsten Tanz aufgefordert, der natürlich Watschentanz geheißen hat. – Prack! Zack! Peng! Und als der kleine Biermösel in seiner angeschissenen Lederhose von unter dem Tanzboden hat mit anschauen müssen, wie seiner Biermösel-Mama die heißen Tränen über die roten Wangen geronnen sind, weil sie so tief für den fremden Gesellen empfunden hat, da war dem kleinen Biermösel klar: Lange wird er nicht mehr an ihren Dutteln hängen, denn „ihre Sehnsucht war die Freiheit", wie der Weiß Ferdl in seinem Superhit „Sehnsucht hier, Sehnsucht da, Sehnsucht hab ich 's ganze Jahr" auch singt, und der Doktor Kripser hat sich dann noch einmal vergewissert:

„Ihr Ziel war die Ferne?"

„Na was glaubst du!"

Wie dann am nächsten Tag die ganzen Verheerungen zu besichtigen waren, erinnert sich der Biermösel weiter an die ganz Toten und halb Toten und an die mit den Knorpelschäden und die mit den gerissenen Bändern, da war die Mama weg, und der Biermösel hat sich den Boulevard vorstellen können, auf dem sie mit dem Franzosen ins Franzosenland eingeritten ist, auf ihrem Herren-Stangenfahrrad ohne Klingel, heilige Maria! Manchmal, wenn er sich seinen depperten Stammbaum mit dem inneren Auge anschaut, dann glaubt er fast, er kommt aus einer Zweiradfahrerfamilie. Jedenfalls sieht er auf seinem ganzen depperten Stammbaum nur Leute, die mit einem Fahrrad herumgefahren sind oder eben mit einem Moped, keinen, der es zu einem vierrädrigen Kraftfahrzeug gebracht hat, geschweige denn zu einem Kettenfahrzeug. Aber der Doktor Krisper sieht natürlich wie immer mehr:

„Sehe ich bei Biermösel große dicke Hund begraben in frühe Verluste von Muttidutti."

„Sehe ich nicht!", hat ihm der Biermösel mit dem Leberhaken beschieden, „sehe ich einfach wirklich nicht!"

Hey Joe!

Der Biermösel liegt dann – entspannt wie der Löwe in der Savanne nach der verschlungenen Grillantilope – auf seiner Schwitzhütte in Aussee herum und führt dem System noch ein paar kühlende Bierchen zu, im heurigen Sommer freilich um den vielleicht allzu hohen Preis, dass das ganze Bier im System ausschließlich für die Kühlung der Maschine draufgeht und gar nichts mehr übrig bleibt für die erwünschten Verwüstungen im Hirn.

Der heimische Dodeleffekt will sich bei ihm jedenfalls nicht mehr so richtig einstellen, seit er praktisch alles Zugeführte in Echtzeit wieder ausstößt. Viel zu klar sieht er seither das ganze Elend der Welt, sodass er mit jedem Tag mehr zuführen muss, damit er die Welt nicht so klar sieht, Kruzifixnocheinmal, das ist halt leider ein einziger Teufelskreis, aus dem der Biermösel nur mehr sehr schwer herausfindet, außer halt immer öfter mit seinem neuen Freund Joe, aber natürlich nicht mit dem Joe, der im Bierzelt die Quetschenharmonika spielt, sondern mit dem anderen.

„Was rauchst denn du eigentlich die ganze Zeit?“, hat er schon früher einmal den Posaunisten Mathias von den Fröhlichen Herzbuben gefragt, als er ihren Tourbus vor einem Puff gestoppt und die stinkende Rasselbande mit ihren geröteten Augen herausgeholt hat. Aber der Mathias hat ihm nur seine selbstgewuzelte Zigarette in die Hand gedrückt, die ihn in Form und Größe ein bisserl an einen Baseballschläger aus Amerika drüben erinnert hat, und dann hat er ihn damals noch komplett Ahnungslosen gefragt:

„Magst vielleicht einmal mein Zeug rauchen, Biermösel?“

Das also war sein erster Kontakt mit dem Verführer, aber damals hat er natürlich noch gesagt:

„Nein, danke! Mir genügt das Verbrannte aus dem Schweinsbratenofen im Auerhahn drüben, das ich jeden Tag einatme, das genügt mir. Und der Hausbrand aus den schmucken Einfamilienhäusern, der mir immer in die Augen hineinbläst, wenn ich mich im Winter jeden Tag auf der Fips Richtung Auerhahn quäle, der genügt mir erst recht."

Als er dann aber in die sich im Kreis drehenden und in den schönsten Farben leuchtenden Sehwerkzeuge von dem Trottelbuben hineingeschaut hat und ihm sein deppertes Grinsen nicht einmal dann aus der Visage verschwunden ist, nachdem er ihm längst seinen blonden Schnauzer ausgerissen hat, da hat der Biermösel sich schon gefragt, ob ihm der Hausbrand in den Augen und das Verbrannte aus dem Ofen wirklich genügen, also noch einmal und schön langsam alles von vorne:

Der Biermösel liegt dann – entspannt wie der Löwe in der Savanne nach der verschlungenen Grillantilope – auf seiner Schwitzhütte in Aussee herum und führt dem System noch ein paar kühlende Bierchen zu, aber scheiß der Hund drauf! Für die erwünschten Verwüstungen im Hirn raucht er jetzt einfach die gewissen Substanzen, die er zum Beispiel neulich den Shezuan Herzbuben im Tages- und Nachtcafé von der Discowirtin drüben in Goisern während ihrer vielbejubelten, aber letztlich abgebrochenen Dreiländereck-Tournee abgenommen hat. Vielbejubelt deshalb, weil die ganzen Chinesen aus den Hotelküchen der drei Länder auf ihren Säbelbeinen dort zusammengerannt sind und getanzt haben, bis ihnen die Schnittlauchhaare davongeflogen sind. Und abgebrochen deshalb, weil sie ohne die gewisse Substanz, die ihnen der Biermösel abgenommen hat, nicht einmal mehr die Tuba alleine halten können, so süchtig sind sie.

Die seligen Zeiten jedenfalls, als man im Bierzelt mit ein paar schnell gekippten Vogelbeerschnäpsen sowie vielleicht mit ein paar wahllos ausgeteilten und eingefangenen Watschen auch eine Gaudi hat haben können, die sind leider endgültig vorbei, seit die depperte Bundesregierung das ganze Land an den Abgrund geführt hat. Zu groß ist heute das Loch im Geldsack, zu erdrückend die Last der Schulden, zu bitter der Blick zurück auf das komplett verschissene Leben, als dass man das Hirn mit einem bekömmlichen Zirbengeist und ein paar eingefangenen Watschen noch für ein paar Stunden Weltflucht in weiche Kissen betten könnte, aber auch die Weltfluchthelfer oben auf der Bühne kommen natürlich nicht mehr ohne aus.

Es glaubt ja hoffentlich keiner, dass so ein Herzbube, der in den Bierzelten zum Beispiel dauernd „Holladi und Hollado“ singen muss, das nur mit ein paar gezischten Bierchen aushält und aus dem Stand heraus beschwingt ist, kaum dass er „zwo, drei“ gesagt hat, das glaubt ja hoffentlich wirklich keiner! Aber warum sind die Humtatisten dann trotzdem immer so bärig drauf, so locker und so fröhlich?

Das liegt zum Teil an der stickigen Luft und der aufgeheizten Stimmung im Bierzelt, weiß der Biermösel aus der gewissen Erfahrung heraus, aber natürlich nur zum kleineren Teil. Zum größeren Teil liegt es am Starkbier, das natürlich immer noch als Grundlage untergemischt wird, mit der Qualität vom Starkbier steht und fällt im Bierzelt alles. Aber zum allergrößten Teil, kann er berichten, liegt es an den gewissen Substanzen, die der Biermösel immer aus den Tourbussen der Musikanten herausholt, sobald er sie aufgehalten hat, der einfache Mensch zu Hause glaubt ja gar nicht, was in so einem Tourbus alles Platz hat: großduttelige blonde Weiber einerseits, die da drinnen auf den Humtatisten oder unter ihnen herumliegen, jeweils natürlich auf der Suche nach den Sternen und dem Glück für die Ewigkeit; dazu Trompeten, Posaunen und weiß der Teufel was alles, wo man hineinblasen kann. Dazu Gamsbarthüte und falsche Bärte, Kreuzworträtsel und Rock-Rockenschaub-Hefterl, jede Menge Lederhosen und genagelte Schuhe. Dazu – pfui Teufel! – nicht aufgeblasene Luftballons, die von innen heraus so dreckig sind, dass es dem Biermösel immer so graust, wenn er sie vom Boden aufhebt und dann doch noch aufbläst, alles das findet sich in so einem Tourbus, aber eben nicht nur!

Vom Rasierwasser angefangen bis zur Möbelpolitur laben sich die Musikanten an allen möglichen Stimulanzen, vom verdünnten Benzin bis zum unter der Wärmelampe gezogenen Rauschmittel wie dem sogenannten Haschisch hat der Biermösel ihnen schon alles abgenommen, furchtbar zerstörendes Zeug alles miteinander, schädlich und in jedem Fall insbesondere von der heranwachsenden Jugend zu meiden.

Man sollte aber andererseits in seinem Leben möglichst alles ausprobiert haben, außer vielleicht das Grillen mit Grillschürze und das Schuhplatteln, das ist seine Meinung zum Leben. Daher hat der Biermösel letztlich keine Berührungsängste gehabt und war für alles offen, als er irgendwann den strammen Maxl von den Strammen Herzbuben getroffen hat, der in der Kanaldeckelstraße neben seinem Tourbus hinter einem Baum gesessen ist, mit der großen Rotzbremse im Gesicht und einer ganz kleinen Trompete im Schandmaul, in die er aber gar nicht hineingeblasen hat, sondern im Gegenteil:

„Sag einmal, was ist denn das für ein Zwutschkerl von einer Trompete, die du da unter deiner Rotzbremse im Mund stecken hast und in die du gar nicht hineinbläst?“, hat der Biermösel ihn gefragt, und dann hat der Maxl zuerst ein bisserl gelacht, dann hat er noch ein bisserl mehr gelacht, und dann hat es ihn eine Stunde lang vor Lachen fast zerrissen, bevor er sich dann mit den ganzen eingefangenen Watschen vom Biermösel doch wieder halbwegs erfangen hat, allerdings wirklich nur halbwegs:

„Geh Biermösel, sei doch bitte nicht so deppert! Das ist ja gar keine Trompete, das ist doch der Joe“, hat er zu ihm gesagt, und dann zur Erklärung: „Aber jetzt mein ich natürlich nicht den Josef aka Joe, der bei uns in der Kapelle die Quetschenharmonika spielt, den meine ich selbstverständlich nicht. Hey, ich meine den Joe, verstehst?“

Kaum hat der Biermösel dem strammen Maxl den Joe in seiner Trompete abgenommen und inhaliert, da hat er schon mit ihm zusammen „La Montanara“ geschmettert, und dann ist er auf einmal ganz langsam in eine ungewohnt tiefe Dunkelheit abgetaucht, während er doch gleichzeitig irgendwo ganz weit oben beim Licht herumgeflogen ist, alles in allem eine sehr interessante Erfahrung. Während er sich dann noch gefragt hat, ob er ein Manderl oder ein Weiberl ist, sind auf einmal zwei Versorgerschiffe aufgetaucht, haben die Ladeluken geöffnet und bei der Türe zwei gewaltig dimensionierte Riesenmilchdutteln heraushängen lassen, voll mit weißer, dick schäumender Milch, und alles für ihn alleine.

„Wo bin ich?“

„Na in der Milchstraße vielleicht, du Bauerntrottel?“, hat ihm der Captain Gnochti Pochti gesagt, und dann: „Jetzt trink endlich aus, du Psycho, du hast ja – wie man hört – sowieso zu wenig gekriegt von dem weißen Zeug!“

Na bumsti, war der Biermösel sehr angetan, so was erlebt der Mensch ja sonst nur in Las Vegas!

Nachdem er sich dann an der Milch gelabt hat, hat ihn die Frau vom Captain in den Arm genommen und darauf gewartet, dass er sein Bäuerchen macht. Aber da hat sie ihn natürlich komplett falsch eingeschätzt, sonst hätte sie gewusst, dass ihm ein umso Gewaltigerer hinten beim Arsch hinausfahren wird, je heftiger und ungeduldiger sie ihn schüttelt, insbesondere, wenn ihn einer Bauerntrottel nennt, und hoppala, ist ihm eine Supernova ausgekommen, die das Weltall noch einmal um ein paar Kilometer weiter ausgedehnt hat, holy shit, minus 6 934 193° in den unendlichen Weiten des Weltraums, so entspannt war er nach dem Genuss vom Joe.

„Diesen Joe will ich aber auch haben, lieber jedenfalls als den Josef aka Joe, der bei euch die Harmonika quetscht, was der nämlich zusammenspielt, das ist gar nicht zum Lachen!“, hat der Biermösel dann zum strammen Maxl gesagt, nachdem er wieder gelandet ist, aber der ist nur komplett zerstört neben ihm gelegen, seine zwei Dutterlwarzen ganz zerbissen und die

Nase weit nach hinten verschoben – irgendwas Supernovaähnliches muss ihn gestreift haben, sein Begräbnis aber war dann natürlich sehr berührend, weil der Joe für ihn „Ich hatte einen Kameraden“ gespielt hat, aber natürlich nicht der Joe, der den Biermösel nach Las Vegas geschickt hat, sondern der andere, der die Quetschenharmonika spielt.

Straße der Sieger

Der Biermösel war dann von den drei bis vier Joes, die nicht Quetschenharmonika gespielt haben, noch ein bisserl sehr under the influence, als er mit seinem Hirn in der Hängematte und den gefährlich zusammengekniffenen Sehwerkzeugen hinter den General-Jaruzelski-Brillen hinausgetreten ist in die gierige Sonne, die mit ihren heißen Krallen sofort nach ihm gefasst hat wie der Kiefer vom Haifisch nach dem Schienbein vom Tauchlehrer: Heute werde ich dich einfach in Brand stecken wie früher im Bibelfilm der Herrgott den Dornbusch!, wird sich die liebe Frau da oben am Himmelszelt über ihn gedacht haben, aber da ist sie natürlich wieder einmal an den komplett Falschen geraten, er ist ja schließlich kein Dornbusch!

Stattdessen trägt er noch immer sein feuchtigkeitspendendes Schaumkäppchen mit sich herum, wenn auch – und das ist beunruhigend! – bei weitem nicht mehr so üppig und fremdenverkehrswirksam, dass ihn deswegen gleich ein paar Tagestouristen oder Sommerfrischler niederschlagen und auf ihn eintreten würden, um seinen Körper mit nach Hause zu nehmen, wo sie ihn zerreißen und alles Feuchte aus ihm heraussaugen wollen, was ist denn bitte los mit mir, fragt er sich besorgt, bin denn auch ich schon halb entwässert?

Mit äußerster Vorsicht und mit einem Adlerauge immer streng nach hinten gerichtet, tapst der Biermösel dann auf der heißen Straße herum. Seit er die Erde so stark erwärmt und die Rohstoffe in den Wirtshäusern und Supermärkten zur Neige gehen, sind nämlich überall Bierzombies unterwegs, untote Säufer, die sich in Erdgruben und Mauerspalten verstecken und von dort heraus ihre Alkoholiker-Zitterhände nach allen ausstrecken, die noch halbwegs besoffen ausschauen. – Hilfe!

Von den Schmarotzern hat der Biermösel dann aber keinen Einzigen gesehen, als er im gleißenden Sonnenlicht und in der fast vollkommenen Stille einer sich ausbreitenden Wüste sein Moped gesucht hat, aber dort, wo er die Fips in der Früh abgestellt hat, war sie nicht mehr. Dafür hat er überall streunende Hunde gesehen, die er schnell weggeballert hat, und die ersten Skorpione sind ihm über die Zehen gerannt, bevor er auch sie weggeballert hat, zwei Zehen inklusive. Ein paar Skorpione aber machen noch keinen Sommer, das ist jedenfalls seine Meinung zum Sommer.

Erst als der Biermösel dann dieses gefährlich nervöse Rasseln hinter sich gehört hat, da hat er dann endlich gewusst, dass der Sommer wirklich Einzug gehalten hat, weil es das gefährlich nervöse Rasseln von einer neu zugewanderten Klapperschlangenfamilie war, die den Einheimischen auf lange Sicht gesehen wahrscheinlich auch nicht viel sympathischer gewesen wäre als die alteingesessene Flüchtlingsfamilie Bolivár aus den Anden drüben mit ihrem dauernden „No nos moverán!" Aber wenigstens singen die Schlangen nicht, sondern rasseln nur nervös herum, werden die Einheimischen auch ein gutes Haar an den Schlangen finden, jedenfalls solange der Biermösel sie nicht aus der Hüfte heraus für immer beruhigt – und peng!

Hinter einer Plakatwand mit der Visage vom Chef vom Ganzen drauf hat er seine Fips dann endlich wiedergefunden, dort hat sich das ängstliche Drecksstück in einem kleinen Streifen Schatten versteckt. Feige und elend, wie der alte Biermösel sich damals hinter seinen Schweinderln versteckt hat, nachdem ihn die Nachricht ereilt hat, dass die Biermösel-Mama zusammen mit einem Schonn Gabönn aus Frankreich auf seinem Herrenfahrradl davongefahren ist und – nach allem, was man gesehen hat – eher nicht mehr zurückkommen wird, es hat nämlich nicht so ausgeschaut, wie wenn die zwei miteinander einkaufen gehen.

Um seinem alten schnaufenden Ross zu zeigen, wie man sich bei den ungewohnten Plusgraden richtig verhält, zieht der Biermösel die Schuhe aus und steigt mit den reinweißen

Füßen in den heißen Asphalt hinein, der aber mittlerweile mit Vornamen Zähflüssige und mit Nachnamen Lava heißt, und das tut dann sogar ihm schmerzresistenten Alkoholiker so weh, dass die Fips im Schatten zusammenzuckt und gar nicht mehr hinschauen mag, als er herumspringt wie ein Silversterkracher, aber wenigstens hat er ihr beigebracht, dass man vor keinem Feind der Welt zurückstecken darf, und zwar niemals.

„Auuuuuuuaaaa!"

Mit einem schnell gezischten Bierchen aus seinen zur Neige gehenden Vorräten in der Satteltasche löscht der Biermösel dann zwar umstandslos seinen gewaltigen Durst, aber die Blase an seinem Fuß ist groß wie der Mond und wird es noch lange bleiben. Und zum Schluss dieser ganzen Demonstration männlicher Stärke hat er sich sogar gefragt, wie ein einzelner Mensch so deppert sein kann und dauernd den John Wayne heraushängen lassen muss, wo die Weiber doch sowieso mehrheitlich den einfühlsamen Franzosen mit seinen tiefen Gedanken hinter dem Dackelblick vorziehen, kann es also sein, dass die Sonne auch ihn schon zu einem selbstquälerischen Zweifler macht?

Zögernd holt der Biermösel dann seinen Esel aus dem Schatten in die Sonne heraus. Trotz der feigen Stunden im Versteck ist sein Ledersitz so heiß, dass sich das Aufsitzen wie ein Rodeoritt drüben in Texas gestaltet und die Fips ihn freudig immer wieder abwirft, wodurch sie ihm Elenden beibringt, dass man ein stolzes englisches Moped, das nur für den Dauerregen gebaut worden ist, nicht ungestraft aus dem Schatten in die Sonne herausholen darf, und zwar niemals.

Die kleine Rodeo-Einlage lockt dann sofort wieder ein paar unterhaltungssüchtige Tagestouristen an, die schön langsam einen besonders originellen und verdienten Event-Animateur in ihm zu sehen beginnen, freilich nur so lange, bis er ihnen aus der Hüfte heraus den Bleitanz beibringt, und peng!

Auf der Fahrt durch den Ort sieht er dann einen Haufen verzweifelter, nichtsdestoweniger uneinsichtiger Sommerfrischler, die noch immer nicht auf ihr im Voraus bezahltes Zimmer in der urigen Almhütte verzichten wollen, obwohl sie längst zum Hautarzt müssten, weil sie keine Haut mehr haben. Und weiter vorne sieht er die, die sich um den versprochenen Regen in der saftigen Heimat betrogen fühlen und mit voller Wanderausrüstung jeden Tag wieder in den bereits glühenden Berg einsteigen wollen, und zwar so lange, bis es endlich wieder regnet, das nehmen sie sich fest vor.

Einige andere robben verzweifelt vom Ufer des ausgetrockneten Sees weg und schwimmen vor ihm durch den flüssigen Asphalt, auf der Suche nach Wasser. Der Biermösel kann ihnen zwar gerne sagen, in welcher Richtung der nächste Bach liegt, nämlich „zweimal scharf links, dann immer geradeaus!"

„Danke!"

„Bitte!"

Aber er kann ihnen natürlich nicht verraten, dass auch der nächstgelegene Bach längst kein Wasser mehr führt, das täte ihnen doch jede Hoffnung rauben.

Zufrieden mit dem ganzen von ihm geschaffenen Elend, kurvt der Biermösel dann weiter die Uferstraße entlang und biegt endlich in die Straße der Sieger ein, die früher Kanaldeckelstraße geheißen hat und über die vor den Wahlen immer die ganzen Politiker ins Tal hereingedonnert kommen, oder anders herum ausgedrückt: Scheiße donnert über Scheiße hinweg.

Entlang der sich stapelnden Müllberge, die von den kommunistischen Müllarbeitern nicht mehr abgeholt werden, sieht der Biermösel dann ein paar Weiber vom „Moviemento contro il alcohol, dafür pro Jesu", die noch vor ein paar Tagen bei ihm auf der Schwitzhütte gestanden sind und den mahnenden Finger gehoben haben, heute aber selbst im Müll nach Resten von Alkohol in weggeworfenen Rumflaschen suchen, diese umdrehen und das Innerste nach außen stülpen, sie dann sogar zerschlagen und die Glassplitter fressen, weil vielleicht doch noch ein bisserl eingetrockneter Fusel daran kleben könnte. Kaum, dass sie ihn entdecken, rennen sie ihm nach, und im Rückspiegel sieht er, dass ihnen Vampirzähne gewachsen sind, die Hitze hat auch die Entsagenden und Salbungsvollen in herzlose Biervampire verwandelt, die sofort den Himmel gegen die Hölle tauschen würden, wenn sie nur die Schaumkrone von seinem Haupt schlecken und ihre Zähne in sein saftiges, vom Alkohol getränktes und gut konserviertes Fleisch hauen dürften.

Aber sie dürfen nicht!

Wie ein öliger Teig zieht sich das Asphaltband über die Straße der Sieger durch den Wald, unter der alles verschlingenden Sonne schmilzt das Band dahin, und nur er mit seiner störrischen Engländerin und nur er mit seinen Fahrkünsten und nur er mit seiner ihn ummantelnden kühlenden Feuchtigkeitswolke kann sich mit sehr viel Gefühl überhaupt noch motorisiert darauf bewegen, um kurz ein bisserl Nachschau zu halten, wie es dem Mittelstand in seiner Falle drinnen geht, nur er ist dazu noch imstande.

Nach ein paar Kilometern abenteuerlicher Fahrt entdeckt er endlich das von ihm montierte UMLEITUNG-Schild, und daneben sieht er schon den Eingang zum Tal des Todes, wo er wiederum den Arsch vom Stauwurm aus dem Tal des Todes herausragen sieht.

Die wenigen Vernünftigen befinden sich auf der Flucht aus dem Tal heraus. Sie haben ihren Geländewagen endlich zurückgelassen und täten heute ihre goldene Uhr samt dem ausverhandelten jährlichen Unternehmensbonus gegen ein halbvolles Glas lauwarmes Wasser tauschen, aber der Biermösel will keine goldene Uhr, und auf den Unternehmensbonus scheißt er. Stattdessen sollen sie das Geld der Anni geben, die es weiß Gott brauchen kann, und sich von ihr ein paar Eiswürfel geben lassen und auf den Schädel drauflegen, das gibt er ihnen als guten Tipp mit auf den Weg. Und dann sollen sie so schnell sie können in das nächstgelegene Salzbergwerk hineinrennen, in dem es noch schön kühl und feucht sein soll, „oder sucht euch ein Plätzchen in einer Tropfsteinhöhle!“, lässt er ihnen die Wahl, obwohl er natürlich weiß, dass es sich da wie dort schon gewaltig staut wie im Arsch vom Verstopfungspatienten.

Die Unvernünftigen aber kleben noch immer an den Fensterscheiben in ihren Allrad-Särgen, hinter denen sie gerade verbrennen, weil sich die mehrtonnigen Geschoße nicht mehr öffnen lassen, nachdem die Hitze ihre Karosserie komplett verbogen hat. Andere sieht er unbeirrt unter ihren geöffneten Schiebedächern dahinrösten, weil sich das elektrische Spektakel aus den gleichen Gründen nicht mehr schließen lässt. So viel gerösteter und verbrannter Mittelstand!, denkt sich der Biermösel zufrieden, dass er das noch erleben darf!

Er selbst treibt dann zufrieden auf seiner Fips weiter, nachdem er die Abzweigung nach Goisern passiert hat und in Richtung der Eichenwälder fliegt, wo die Wildsau auf ihn wartet. Die tief stehende Sonne blendet ihn wie früher das glühende Schwert vom Russen den widerständigen Kosaken, wenn er sich blöd gespielt hat und nicht kommunistisch genug war.

Dann stellt er sogar den Motor ab, weil er alleine mit der Kraft seiner Winde rhythmisch dahinfährt, Rückstoß um Rückstoß, Plusgrad um Plusgrad, hinein in einen mehr als sonnigen Abend samt glühendem Feuerball im Westen, der im flammenden Abendrot hinter dem Gebirgshang verschwindet, nachdem der Biermösel wieder einen ganzen Tag lang gute Arbeit geleistet hat, und hoppala, plus 46,2 ° im Schatten.

Da schau her, denkt er sich dann auf einmal, als er ruhig durch die Straße der Sieger gleitet, wo die Plakatständer mit der Visage vom Chef vom Ganzen mittlerweile so dicht gestellt sind, dass er dahinter keine verbrannten Bäume mehr zu erkennen vermag, das ist die schlechte Nachricht.

Die gute Nachricht aber ist, dass er auch die Visage vom Chef vom Ganzen nicht mehr zu erkennen vermag, weil sie von kommunistischen Extremisten verunstaltet worden ist.

Warum weiß er denn schon wieder, dass es kommunistische Extremisten waren?

Schon vor zwei Tagen hat ihn über das rote Notruftelefon ein zweiter Anruf vom Innenminister erreicht, verzweifelt und hektisch wie früher der Ausbildnern in der Gendarmerieschule oben in Linz, der auch immer sofort die Nerven weggeschmissen hat, hat er sich angehört:

„Jetzt pass einmal auf, Biermösel, das geht doch nicht! Die ganzen kommunistischen Extremisten bei euch dort unten! Bitte lass sie doch nicht die einmalig weißen Wahlkampfzähne vom Chef vom Ganzen schwarz anmalen, sodass er ausschaut wie einer von den Elenden aus dem Franzosenreich vom Hugo Victor, da sind wir uns ja hoffentlich einig, dass unser Chef vom Ganzen nicht so ausschauen darf, kein Mensch hat in Wirklichkeit so schwarze Zähne?"

„Mir doch wurscht, wie der Jazzer ausschaut!"

Jetzt steht er also vor den Plakaten und nimmt seine eigenen Zähne heraus, damit er sich einmal anschaut, wie richtige Zähne im Vergleich zu denen von einem Politiker ausschauen, und er muss sagen: Richtige Zähne sind nicht schwarz, aber auch nicht weiß. Sie sind braun und gelb, wie richtige Zähne halt ausschauen.

Der Biermösel tut seine Zähne dann wieder hinein und raucht einen gemütlichen Joe, dann zischt er ein spritziges Bier, dann noch einen Joe, dann noch ein Bier. Er steht dabei herum wie der Kunstkenner in der Ausstellung und weidet sein Auge an der Schönheit der aufgemalten Segelohren, die einen einmaligen Affen aus dem Chef vom Ganzen machen. Dann brunzt er sich sogar fast an vor Lachen, als er die aufgemalten Hasenzähne und das Vogerl entdeckt, das ihm aus seiner Jazzerstirn herausschaut, „gut schaust aus!"

Was für eine Begabung! Welches Talent!, zieht der Biermösel den Hut vor dieser Begabung und diesem Talent. Der Kunstliebhaber in ihm kann seine Sympathie für diesen Vandalenakt nicht verhehlen, auch wenn er dahinter nicht die Tat von Kommunisten zu erkennen vermag, sondern nur die von kalziumgestärkten, rebellischen Rotzbuben, hinter der er sein eigenes widerständiges Biermösel-Wesen erkennt, das sich immer lieber ein bisserl fern vom gesunden Volksempfinden aufhält und auf die Politik insgesamt und den Chef vom Ganzen im Speziellen lieber scheißt.

Und dann bedauert er wieder einmal mit den bitteren Tränen des Kinderlosen, dass sein Stammbaum – jedenfalls nach allem, was man heute weiß! – keine Früchte getragen hat, die solche Vandalenakte zustande bringen.

Schonn Gabönn

Der Biermösel besteigt dann sein bockiges Wüstenschiff ein bisserl zögerlicher als noch vor vierzig Jahren, als er ein hoffnungsvoller Junggendarm in der Nachfolge vom Altgendarmen war, muskulös, wendig, voller Hoffnung im Herzen und Träume im Schädel. Und er besteigt es sogar noch sehr viel zögerlicher, als vor bald 55 Jahren seine Biermösel-Mama das Waffenrad vom Franzosen bestiegen hat, der es dann nicht schnell genug hat gehen können, nachdem ihr der Schonn Gabönn das Knie zwischen die Schenkel geschoben und sie über den Tanzboden gejagt hat.

Der alte Biermösel hat sich zu Hause vielleicht wirklich ein bisserl zu viel um seine Schweinderl im Stall gekümmert und zu wenig um das verwelkende Gemüse hinten im Garten, das – bildlich gesprochen – seine Mutti war. Und es ist vielleicht überhaupt ein bisserl zu wenig gelesen und zu viel gefressen worden bei ihnen zu Hause in der Wirtsstube, „wo bleiben denn der Benimm und das Niveau, die Elegons und das gute Essen abseits von Kraut und Knödel, wo der jahrelang gereifte Cognac?“, hat die Alte bald angefangen, auch Fragen nach der richtigen Ernährung für Geist und Körper zu stellen, und die entsprechende Antwort ist ihr der Alte natürlich an keinem Abend schuldig geblieben: ein dreckig gedehntes Junggesellenlied ums andere hat er komplett besoffen in den Schafwollpolster hineingesungen, nicht genug, um die Erde zu erwärmen, aber weiß Gott genug, um das Herz seiner Mutti erkalten zu lassen.

In der Folge hat sie ihrem traurigen Trümmermama-Dasein mit der wässrigen Suppe während der Woche und den gehackten Graswurzeln als Nachspeise am geheiligten Sonntag jedenfalls immer weniger abgewinnen können, während der Alte die ganzen Schweinderl lieber alleine gefressen hat, „ich war ja auch alleine im Krieg!“, hat er immer gejammert, „und ich bin auch alleine mit dem Vitaminmangel nach Hause gekommen!“

So war es.

Noch bevor die Alte die Tanzböden in den Bierzelten als kleine Weltflucht für sich entdeckt hat, hat der Biermösel seine Mutti schon zu den zwei englischen Besatzungssoldaten, die Neger waren und die entsprechende Musik im Blut gehabt haben, sagen gehört: „The Ausseerland is too small for me!“

Aber die zwei Hosenscheißer haben sie wegen ihrer schlechten Erfahrung mit Ausbruch und Flucht aus der Sklaverei lieber gebremst und mit warnendem Zeigefinger und klapperndem Zungenschlag zu ihr gesagt:

„We can understand you very well, lady, this whole shitvalley is for the sausages! But before you want to run away, you must listen very carefully to our warning words, which we can sing for you, do you want to hear?“

„Yeaaaah!“

Und dann haben sie sich ein Waschbrett genommen und angefangen, den Blues zu singen, „And one, two, three:

Don’t fly too high, my little friend
The sun up there burns so very very very hot hot hot!
Who wants to flyyyyyyy tooo high will diiiiie
in the skyyyy!“

Lieber ein Leben lang auf den Sklavenplantagen des Südens als ein Leben in Freiheit. Lieber zu Hause bleiben bei den Würschteln mit Saft als hinauf zu den Sternen, das war im Wesentlichen ihre Botschaft. Komische Leute hat es immer gegeben, schüttelt der Biermösel noch heute den Kopf über diese Gesangsvorstellung, aber die zwei Spinner waren wirklich einmalig.

Der Alten aber ist der Sinn trotzdem nicht mehr länger nach dem Pauli Hörbiger gestanden, sondern mehr nach einem Jean Gabin respektive einem Schonn Gabönn, wie die Einheimischen zu den Franzosen im Allgemeinen gesagt haben. Nach einer rauen Visage samt weichem Kern dahinter und mit einem Dackelblick hinter den hängenden Gardinen. Nach dem genauen Gegenteil vom Alten also, der zwar auch wie ein Franzose ausgeschaut hat, nachdem er mit dem Schrapnell im Schädel aus Russland heimgekommen ist, allerdings wie der alte Franzose Quasimodo in seinem Glockenturm in Paris drüben.

An das ganze häusliche Drama muss der Biermösel jetzt wieder denken, als er seine abendliche Fahrt fortsetzt, während der es noch immer respektable 46,4 ° im immer länger werdenden Schatten hat. Er öffnet weit sein schwarzes Hemd und zieht die General-Jaruzelski-Brille tief ins Gesicht, und mit seiner Doppelläufigen in der rechten Schusshand, die er immer wieder in den Wald hinein richtet, schiebt er die aufgestaute, tonnenschwere Hitze vor sich her.

Nur ungern lässt sich die übermütige Luft von ihm verdrängen, sie will lieber mit ihm spielen wie der italienische Eisverkäufer mit den Gefühlen der sonnenverbrannten Touristin. Mit falscher Zärtlichkeit schmiegt sich die Luft an ihn wie das Nagelbrett an den verträumten Yogi, sie umschmeichelt ihn wie die Glasscherben die Fußsohlen, und bald tut sie ihm so richtig weh, diese depperte, depperte Luft! Als wollte sie justament Rache nehmen für das, was er ihr mit seinen Bumsis und Furzis und seinem erderwärmenden Donnergrollen angetan hat, mit dem er ihr alles Saftige ausgetrieben hat. Sie reißt ihm selbst dann noch mit brennenden Händen die Ohrwascherl ab, als die Wärmespenderin schon längst hinter dem Gebirgskamm verschwunden ist und die hereinbrechende Nacht mit ihrer schwarzen Ölfarbe die Landschaft grundiert, bevor dann auf einmal der Vollmond hinter dem Gebirgskamm aufsteigt und wieder ein wenig Gelb dazumischt, ein Vollmond, wie ihn der Weiß Ferdl in seinem berührenden Hit „Vollmond" mit seiner Samtesstimme nicht poetischer hätte besingen können:

„Vollmond hier und Vollmond da

Vollmond ist's das ganze Jahr
Irgendwo auf der Welt
Wo's dem Vollmond grad gefällt!"

Naja, denkt sich der Biermösel dann, poetisch? Der hat es sich im Gegenteil vielleicht auch immer ein bisserl leicht gemacht mit seiner Dichterkunst, kommt ihm jetzt vor, viel mehr ist ihm nicht eingefallen als „da-Jahr/Welt-gefällt", das hätte er selbst auch gekonnt, da muss der Mensch nicht Weiß Ferdl heißen.

Für seine eigenen Ziele aber ist der Vollmond natürlich ideal, für die Jagd auf die einmalig fette Wildsau mit den sahnigen Dutteln gibt es nichts Besseres als die brennheiße, einsame Vollmondnacht samt den bitteren Erinnerungen an die eigene abtrünnige Mutti. Zum Aufwärmen für das herbeigesehnte Herumballern, und um sich in die richtige Stimmung zu bringen, denkt der Biermösel daher vielleicht noch einmal an den Fragebogen, den sie ihm bei der Prüfung zur Zulassung zur Gendarmerieschule oben in Linz vorgelegt haben, „PSYCHOPATHENPROBLEME HEUTE UND MORGEN – bitte ehrlich und sorgfältig ausfüllen":

„Sag einmal, Biermösel, stimmen die Gerüchte, dass dir die Milchdutteln von der Mutti gefehlt haben, weil sie mit einem Schonn Gabönn durchgebrannt ist?"

Dazu vom Biermösel damals wie heute vielleicht mit stierem Blick und Schaum vor dem Mund nur 987 654 321 wahlweise geschriebene oder gesprochene Worte:

„Seit meine Mutti mir ihre Milchdutteln weggenommen hat, Kruzifixnocheinmal … weil sie mit einem charakterlosen Franzosen durchgebrannt ist … Herrgottnocheinmal, hab ich so einen gottverdammten Durst … Kruzifixnocheinmal … so was tut man nicht … Und ich Trottel bin ihr dann noch kilometerlang nachgerannt in Richtung Goisern hinüber, Kruzifixnocheinmal, wo sich ihre Spur dann aber verloren hat,

Herrgott, daher aber die solide Grundkondition trotz jahrzehntelangem Missbrauch am Körper … Kruzifixnocheinmal … und so weiter … keuch …“

Und so fort.

Zumindest die Grundkondition kommt ihm jetzt zugute, als er nach vielen leeren durch den Wald gestreiften Kilometern den Wildtöter schon wieder einpacken will, weil er die depperte Wildsau einfach nirgendwo finden kann und er stattdessen immer nur noch weiter in den unheimlichen Wald hineinrückt, wo es schön langsam ein bisserl sehr finster und unheimlich wird, und das mag Pancho Villa dann gar nicht so gerne.

Zu oft war er als kleiner Biermösel alleine in der heißen und finsteren Selchkammer eingesperrt, als dass er sich jetzt in der heißen und finsteren Nacht von guten Mächten wunderbar geborgen fühlen täte, wie der Doktor Krisper das immer nennt, fast glaubt er, dass auch der ein Katholischer ist. Mit den schmerzhaften Gedanken an die Zeit in der Selchkammer steht der Biermösel dann jedenfalls schön besoffen und bis in die Haarspitzen eingeraucht alleine im Knusperwald herum, inmitten der ganzen großgewachsenen und sich weit verzweigenden Eichen. Es ist noch immer so heiß, dass es für die Tiere im Wald und den Biermösel mit seinem Wildtöter in der Hand keinen großen Unterschied mehr macht, ob der Mond da oben am Himmelszelt herumhängt oder die Sonne. Und wenn man jetzt das Licht des Mondes und die Schatten des Waldes, die das Licht des Mondes wirft, berücksichtigt, und dann vielleicht noch die ganze erhabene Stille und alle anderen Sachen dazuzählt, die einem so auf- und einfallen, wenn man alleine im Wald herumsteht und einen der Joe exakt zur Geisterstunde von der Hängematte herunter in die Horrorfilm-Doppelvorstellung treibt, in der viele knickende Äste mitspielen und das „Uuuuuuhh“ des Wolfes noch viel lauter zu hören ist als in Wirklichkeit, dann kann einem trotz des alles zerstörenden

Wildtöters in der Hand schon ein gewaltiger Steinschlag in die Hosen gehen, und hoppala! Plus 46,8 ° im Mondschatten.

Der Biermösel zischt dann gegen die drohende Austrocknung noch ein paar schnelle Weißbiere aus den zur Neige gehenden Vorräten in seiner Satteltasche und raucht noch ein paar gemütliche Joes gegen die Angst. Dann erspäht er im Mondenschein doch noch das nasse Glänzen der Riesentrümmer-Zitzen von der Wildsau, die so voll und riesig und saftig sind, dass er vor lauter Zitzen den Fettbauch gar nicht mehr sehen kann, der ihr bis zur verbrannten Erde hinunterhängt, und dieser Anblick ist die ganze Angst und Einsamkeit wert!

Als die Sau dann in der Ferne um eine Baumgruppe herumbiegt, wackelt ein kleines Lutschi hinter ihrem herrlichen Fettarsch her in Richtung guter Stube zu Hause im sicheren Heim, muskulös, hoffnungsvoll, starke Hüften, deppert im Schädel und durstig wie ein Kamel. In seiner gierigen, nervös fordernden Art erinnert ihn der hoffnungsvolle Nachwuchs eins zu eins an ihn selbst und immer mehr an ihn selbst, je verzweifelter er versucht, an die Muttidutteln von der Alten heranzukommen, die aber die ganze Zeit vor ihm davonrennt, weil sie mit dem Schädel scheinbar ganz woanders ist, wie der Biermösel sofort bemerkt. Als die Sau sich doch noch zur Seite in den ausgetrockneten Dreck hineinlegt, kann der kleine Eber dann endlich der Reihe nach aus allen Dutteln das weiße Gold heraussaugen, bis ihm die Sauce bei den Ohren wieder herauskommt, herrlich ist das und beneidenswert.

Der Biermösel sinkt bei diesem Anblick tief gerührt zusammen. Vor ihm das unerreichte Glück riesiger Milchdutteln und über ihm nur noch der Mond und die Sterne der Milchstraße und noch weiter oben dann die unendlichen Weiten des Weltraums, in denen aber wahrscheinlich auch keine auf ihn wartet, die ihm ihre gewaltigen Milchdutteln darbietet, an die er sich lehnen und aus denen heraus er sorgenlos saufen könnte, nicht einmal, wenn er sehr viele Joes auf einmal raucht, sieht er dort oben eine, die das tun will. Er hat keine Zukunft, keine Weiber, keine Hoffung, und jetzt hat er auch keine Grillsau mehr, die er aufspießen und verschlingen könnte, weil er sie in Dreiherrgottsnamen einfach leben lassen wird, jetzt ist er bald wirklich der einsamste Mensch der Welt:

„Lebe, du Sau! Lebe und lass den kleinen Hosenscheißer an deinen Muttidutteln saugen, bis er sich anspeibt!"

Beim Anblick von so viel kindlichem Glück kann er nämlich gar nicht anders, als dass er den Wildtöter wieder einsteckt und sich schamhaft zur Seite dreht, damit er das vollkommene Glück nicht mit seinen verweinten und neidvollen Augen stört. Aber dann kommen ihm leider immer mehr Tränen aus, zusammen mit immer noch mehr kleinen Furzis, Herrgottnocheinmal, zu groß ist seine Rührung und zu schwach seine Muskulatur unten herum, als dass er den Geröllschlag noch irgendwie zurückhalten könnte, und dann hoppala, 46,9° im Mondschatten, tut ihm wirklich sehr leid.

Zwischenmahlzeit

Nachdem die Wildsau ihren Stammhalter ins Bett gebracht hat, wartet der Biermösel dann nur noch darauf, dass auch sie – müde von eines langen Tages Werk und Müh' – das Licht abdreht und im Halbschlaf auf den treusorgenden Göttergatten wartet, der wahrscheinlich in irgendeiner Eichel-Konservenfabrik die Nachtschicht abspult und das dringend benötigte Geld nach Hause bringt. So brav und tugendvoll scheint ihm diese Wildsau, dass sich der Biermösel gut vorstellen kann, wen sie am Humtata-Sonntag wählen wird – den salbungsvollen Chef vom Ganzen nämlich, der nach außen hin zwar immer den Charaktervollen und Betfreudigen spielt, nach innen hin aber der eiskalte Engel ist. Also pass lieber auf, Biermösel, ob nicht irgendwo in der ganzen heimeligen Wirtschaftswunderland-Glückseligkeit noch der Hund begraben liegt, man kann in so eine Sau ja immer erst hineinschauen, sobald man sie abgestochen und aufgeschnitten hat, man weiß bei einer Frau ja nie, was noch kommen wird –

und richtig!

Kaum hat der kleine Hosenscheißer sein Bäuerchen gemacht und die Alte das Licht abgedreht, kommt sie auch schon wieder herausgewackelt und macht die Tür hinter sich zu, aber nicht für eine letzte im Mondenschein gerauchte Zigarette vielleicht, wie der Biermösel sofort sieht, sondern bis über beide Schweinsohren hinauf geschminkt und bereit für ein schweinisches Abenteuer, nach dem ihr der Sinn steht.

So kann man sich also täuschen!

Der Biermösel packt sofort den Wildtöter aus und schaltet im Resthirn wieder auf „Grame Gedanken über die davonrennenden Weiber" um, dann füllt er das Magazin nach und lädt den Schießprügel durch, „na warte, du falsche Sau!"

Aber dann kommt sie mit ihrem einmalig einladenden Fettarsch immer näher zu ihm hergetrottet und taucht den wankelmütigen Biermösel auf einmal in ein Wellental der Gefühle, das schon der Weiß Ferdl so treffend besungen hat („Wellen hier, Wellen da …"), und in dem er lange nicht mehr gekannte Hoffnung schöpft:

Kann es denn sein, fragt er sich mit pochendem Herzen, dass die Sau zu mir herkommt und sich wegen mir so fesch hergerichtet hat? Und kann es sein, dass sie vielleicht sogar … äh, körperliche Liebe von ihm will, fünfzehn Jahre nach der einen Minute dreißig unter dem Tanzboden im Bierzelt, in der er vielleicht am glücklichsten war in seinem Leben, auch wenn er nicht mehr weiß, mit wem? Tut sich bei ihm also doch noch ein spätes, unverhofftes Glück mit den Weibern auf, noch dazu mit einer, die solche gewaltigen Dutteln hat und so einen herrlichen Arsch?

Seltsame, lange verschüttete Gefühle steigen in dieser heißen Nacht im Biermösel auf, eine unbändige, lange nicht mehr gekannt Gier, aber nicht nach der alles verschlingenden, dreckigen körperlichen Liebe, die ihn bei der Hitze ja nicht interessiert, sondern nach sauberer, weißer, frisch schäumender Muttimilch!

Schon holt er eine Packung Mon Chéri aus der Satteltasche und wähnt sich endlich am Ziel, als er über einen Waldweg das Rattern von einem Waffenrad näher kommen hört, auf dem der Zuchteber Jean-Baptiste de Schonsondamur-Vogelschiss mit seinem astreinen Stammbaum voller Sieger auf Landwirtschaftsmessen angerauscht kommt, mit einem gefälligen Liedchen auf den Lippen, einem sauber gestutzten Bart über der Steckdose und einer schwarzen Kappe am Sauschädel, und dann passiert, was in solchen Fällen immer passiert: Die Depperte steigt einfach auf und fährt mit dem Arschloch davon.

Wie Superagent Jason Castelli auf seinen nächtlichen Streifzügen setzt der Biermösel sich dann aber die kombinierte Nachtsicht-Gleitsichtbrille auf die Nase und folgt den eiskalten Liebenden so lange, bis der Verführer die Sau zielsicher zur einzigen Waldlichtung geführt hat, auf der noch weiches Moos wächst und auf dem der Franzose sich an die Wildsau heranschmiegt, und dann saugt wieder nicht er an den Dutteln, sondern wieder ein anderer.

Als der Biermösel nach einer Schrecksekunde von geschätzten fünf Jahren wieder auftaucht aus seinem Wechselbad der Gefühle, lädt er den Wildtöter durch und ballert die Wildsau mit ihrem Franzmann zusammen über den Haufen, und zwar so gründlich, dass er sie nicht einmal mehr grillen kann, aber darauf scheißt er sowieso, Hauptsache, er fühlt sich unendlich erleichtert.

Dann holt er den Jungeber aus seinem Bettchen wie die Kinderdorfmutter das Waisenkind und nimmt ihn an sich.

„Ich werde für dich sorgen!", verkündet er vielleicht allzu großspurig, denn nachdem er ein paar Meter mit ihm gegangen ist, kommt er drauf, dass er ja selbst gar keine Dutteln hat, mit denen er ihn großziehen könnte, und es überkommen ihn Gefühle des Mitleids, weil der kleine Hosenscheißer jetzt auch ohne Muttidutteln aufwachsen müsste, so wie er selbst, und das will er dann gar nicht.

Lieber macht er sich also ein kleines Feuer im finsteren Wald und legt dann eine kleine Mitternachtsmahlzeit ein, bestehend aus einem überaus saftigen und muskulösen Frischling, voller Hoffnungen im Herzen und Träume im Schädel.

Und Mahlzeit!

Jetzt, wo der Biermösel die meisten Mitglieder der Familie Schwein im Walde hat kennenlernen dürfen, fehlt ihm eigentlich nur noch der verzweifelte Ehegatte, und da ist er auch schon!

Während der nächtlichen Heimfahrt vom Eichenwaldmassaker springt er dem Biermösel in die Räder seiner Fips hinein, mit einer Angelrute in der Hand und ein paar Fliegen zum Fischen im Kübelchen, weinend wie eine räudige Squaw, allerdings nur solange seine Tränen reichen, denn auch er – Schwächling! – ist schon komplett entwässert. Dass er den verweichlichten Jean-Baptiste de Schonsondamur-Vogelschiss mit seinen gewaltigen Hauern aufgespießt hätte, bevor der mit seiner Gattin auf einem Waffenrad entfliehen hätte können, dafür hat es bei ihm kräftemäßig jedenfalls nicht mehr gereicht.

Der Biermösel überschlägt sich ein paarmal, dann kommt er zerdeppert auf dem glühenden Asphalt zu liegen und auf ihm drauf der Eber. Der erfahrene Ermittler im Biermösel spürt sofort, dass der Gehörnte mit ihm reden will, über das schreckliche Unglück mit den Weibern, das ihm widerfahren ist und von dem der Biermösel Zeuge war. Aber nachdem er ihn über den Sachverhalt aufgeklärt und ihm ein paar tröstende Worte gespendet hat („Ich hab sie beide erledigt! – Die Sau war es nicht wert!"), befreit er sich von dem Waschlappen, indem er ihm den Schweineleberhaken verpasst, der ihn dann oben am Himmelszelt ein paar Sterne mehr sehen lässt, als so eine brennend heiße Vollmondnacht normalerweise zu bieten hat, und weiter geht die nächtliche Reise.

Genügt es nicht, dass ihm die eigene Mutti mit einem Franzosen davongerannt ist, fragt er sich mit geballter Faust, während er sich langsam in eine Streubombe verwandelt. Muss ihm jetzt auch noch die anvisierte Grillsau mit einem Franzosen davonrennen? Wie viel Demütigung kann der Mensch ertragen, bevor er zur alles zerstörenden Terrormaschine wird?

Das fragt sich der Biermösel schon beizeiten.

Körperlich könnten die Voraussetzungen für einen vernichtenden Schlag gegen alles und jeden nicht günstiger sein als jetzt. Er ist zum Zerreißen gespannt, wie der Stier in der Arena schabt er zornig im Sand. Als denjenigen aus dem Trottelvolk, der sich gegen die Herrschaft der Tribune auf die Füße gestellt hat, soll ihn die sterbende Welt in Erinnerung behalten.

Der Biermösel könnte jetzt natürlich kindisch sein und auch einfach Plakatwände umwerfen und dann anmalen, wie er das auf der Heimfahrt durch die Straße der Sieger immer wieder gesehen hat. Aber sollen die mutmaßlichen Rotzbuben ruhig weiterhin ihre Malstifte in die Hand nehmen und dem Chef vom Ganzen Hasenzähne aufmalen oder Schweinsohren, er selbst hat andere Pläne. Die heißen Wüstenwinde, die er bereits auf die Reise geschickt hat, die Feuerwalzen, die schon über die Erde rollen bis weit hinter die Pyrenäen, werden ein laues Mailüfterl gewesen sein gegen die Flächenbrände, die er noch zu entfachen gedenkt –

Feuer, zieh mit mir!

Bevor der Biermösel losschlagen kann, muss er freilich erst noch ins Gewand des Terroristen hineinhüpfen und sich Brandmale des Terrors in den Arsch brennen lassen, die ihn als solchen erkennbar machen.

Während der Sommermonate aber, wenn die Sommerfrischler und Tagestouristen mit ihrer Erlebnisgier das Land überschwemmen, hält die Roswitha das Wirtshaus immer geschlossen, weil es bei ihr normalerweise nichts zu erleben gibt. Und heute ist der Auerhahn erst recht kein einladendes Ziel mehr, sondern nur noch eine von Waldbränden umzüngelte und von Halbverdurstenden belagerte Festung mit einer Schweinsbratenküche in der Mitte (für die sich niemand interessiert) und einem gut gefüllten Bierkeller darunter, der allerdings auch schön langsam zur Neige geht, weil sein Freund Grasmuck oben im Dachboden, wo er ihn als zusätzliches Geschoß aufgebockt hat, fast noch mehr Zufuhr für seine Ausstöße benötigt als er selbst.

Wie das fleißige Eichhörnchen hat der Biermösel sich dort unten auf dem kühlenden Erdboden und entlang des steinernen Gemäuers über Jahre ein gewaltig dimensioniertes Bierdepot eingerichtet, damit nicht eines Tages der furchtbare Fall eintritt, dass er nicht mehr könnte, wenn er muss, und er redet jetzt nicht von Nicht-scheißen-Können, er redet von Nicht-saufen-Können.

Das Wichtigste beim ausdauernden Ansaufen gegen die widrigen Umstände ist ja, dass es möglichst ohne Unterbrechung dahingehen muss, weil so ein Körper mit so einer Leber drinnen ja vieles verträgt, nur nicht die Abweichung von der Norm. Lieber also ein Leben lang gleichmäßig und auf höchstem Niveau dahinsaufen und sich zur Not aus einem bis oben hin angefüllten Vorratspeicher bedienen können, als immer nur ruckweise und defensiv am Getränk zu nippen und das vielleicht überhaupt mit dem falschen Vorsatz, dazwischen immer wieder einmal kurz aufzuhören oder – noch schlimmer! – irgendwann überhaupt ganz aufzuhören, weil sich das Bier im Körper angeblich in nichts anderes als Zucker verwandelt, aber darauf sowieso geschissen!

Die Roswitha kann ihr Wirtshaus aber natürlich nicht unbewacht lassen und womöglich auf Kur fahren oder an den Sandstrand von Rio, nur weil sie über den Sommer die Pipeline nicht aufdreht, jedenfalls dann nicht, wenn draußen noch immer groß das BIER-Schild über der mehrfach (vom Biermösel selbst) zertrümmerten Eingangstür hängt, während sich gleichzeitig alle im Tal fragen, wer denn noch ein paar Flaschen vom goldenen Gold zu Hause haben könnte. In diesen schwierigen Zeiten wäre ein herrenloses Wirtshaus mit einem Bierdepot im Keller nichts anderes als ein offener, unbewachter Safe.

Also hat die Roswitha den Auerhahn in seinem Auftrag zu einer praktisch uneinnehmbaren Festung ausgebaut, und aus der feuert sie jetzt von ihrer Generalsanhöhe im Dachboden herunter auf alles, was sich im Umkreis von tausend Metern auf den Auerhahn zubewegt, Tag und Nacht. Bumm! Bumm! Bumm!

Ihr kommt heute jedenfalls keiner in die Wirtsstube hinein mit seinem schlechten Benehmen und den dreckigen Schuhen, kein Russe mit seinen vollen Taschen, kein Rumäne mit seiner Bande, kein Deutscher mit seiner Regenjacke und kein Busfahrer, der nur schnell, schnell dreißig Seniorenteller für seine Senioren aufgetischt haben will, schlicht und ergreifend: keiner!

Auch der Biermösel selbst nicht.

Vor ein paar Tagen hat er seine Schwester noch persönlich zum Freiwilligenkurs „Schießen" verdonnert, nicht zu verwechseln mit dem Pflichtkurs „Scheißen", sodass sie jetzt sogar schneller feuert als der Lucky Luke, „Roswitha, bitte hör auf!" Aber die feuert natürlich unbeirrt weiter, weil sie trotz allem Talent für das Schießen ein launisches Weibsstück geblieben ist, welches das Gute nicht vom Schlechten unterscheiden kann –

„Herrgott, Roswitha, ich bin's!"

„Beweise!"

Angesengt wie die Grillsau, wagt der Biermösel dann im Kugelhagel endlich den entscheidenden Durchbruch. Bumm! Bumm! Bumm!, pfeift ihm das Blei aus den Spritzen von der Roswitha um die verbrannten Ohrwascherl, dazu heulen die Sirenen und verfolgen ihn voltstarke Suchscheinwerfer auf seinem gewagten Hasen-Zickzack durch die feindlichen Linien. Als ihr endlich doch noch die Munition ausgeht, schießt sie ein paar steinharte Knödel herunter und leert heißen Krautsalat über ihn, „Roswitha, ich bitte dich!", schreit er immer wieder, aber Generalfeldmarschall R. Biermösel hält unbeirrt Stellung und verteidigt das Bierdepot mit Händen und Füßen, wohl auch, weil sie ein paar offene Rechnungen mit dem unerfüllten Leben insgesamt zu begleichen hat.

„Ich will körperliche Liebe!“, macht sie das Unsagbare zur Bedingung für seinen Einlass, aber auf so einen dreckigen Handel wird er sich natürlich nicht einlassen, wo ihn der Sex bei dieser Hitze doch am allerwenigsten interessiert, wenn er an seine Schwester denkt.

Als sie dann endlich für eine kurze Feuerpause aus dem Dachboden herunterkommt, um sich die schmerzenden Füße im Krautbottich unten im Keller zu vertreten, nützt der Biermösel diese Gelegenheit und stolpert in die Festung hinein, und noch in der Wirtsstube gibt er ihr ein paar ordentliche Watschen, bevor er sie dorthin schickt, wo sie seiner Meinung nach sowieso am besten aufgehoben ist:

„Geh sofort in die Küche und nimmt dort den Schürhaken!“, schreit er sie an, „dann steck ihn tief in die Buchenholzscheiter-Glut im Schweinsbratenofen, und wenn er schön glüht, bring ihn zu mir in die Wirtsstube heraus, ich werde dann tun, was du sonst immer tust, wenn dir oben in deiner Kammer fad ist und du auf deinem Bett herumliegst: Ich werde mich aufbocken und dir meinen Steiß darbieten.“

„Du heilige Maria, Mutter Gottes!“, kommt der Roswitha ein überraschend Gehaltvoller aus, bevor sie sich ein paarmal bekreuzigt und in der Küche verschwindet, und hoppala, plus 47,1 ° im Schatten, 2.43 Uhr morgens.

Bald wird es dämmern.

Der Biermösel war ja schon in der Gendarmerieschule nicht der Schlechteste im Fach „Fallenstellen wie der Trapper John“ – dem Feind das Freibier stehlen, ihn dadurch herlocken, die persönliche Konfrontation suchen und ihn am Ende vernichten –, nur dass er halt bisher nicht die Gelegenheit dazu gehabt hat.

Während die Roswitha die Glut im Ofen anfacht, öffnet der Biermösel seine Satteltasche und holt das schwarze Foltergeschirr aus Leder heraus, das ihm der Alte seinerzeit vermacht hat. Dann probiert er die schwarze Sexmaske, die er dem Bürgermeister neulich an der Kanaldeckelstraße abgenommen hat, auf dem Weg vom Puff in Goisern hinauf zum Spitzgiebelaltbau vom Weiß Ferdl, in dem er seine Gesangsstunden nimmt, wahrscheinlich als Gegenleistung für einen an der Behörde vorbei genehmigten Umbau. Dann, und mit besonders bitteren Gedanken, holt er noch eine schwarze Strumpfhose heraus, gekauft in einer Zeit, als noch der Permafrost das Land von unten herauf regiert hat, eine aus schwarzer Wolle mit reißfestem Elastan in den besonders beanspruchten Knieregionen, und eine von den vielen, die er sich der Anni nie zu schenken getraut hat.

„Kommst du dann endlich?“, schreit er dann ungeduldig zur Roswitha in die Küche hinein, „kommst du dann endlich und brandmarkst mich?“

Drei Uhr früh, denkt sich der Biermösel dann, als er die Kuckucksuhr an der Wand schlagen hört. Bald wird sich ein weiteres Teilchen in das Puzzle seines genialen Planes fügen, wenn der Bierfahrer Ramzi aus Ägypten mit seinem Turban aus Seide im finsteren Wald drinnen um die Ecke biegt und seinen Bierwagen an den Straßenrand stellt, so wie er das immer macht, wenn er sich zum Gebet niederkniet, nur dass der Bierwagen dieses Mal prallgefüllt sein wird mit Freibier, das die depperte Bundesregierung dem Trottelvolk versprochen hat, der Biermösel hat alles genau geplant.

Kaum ist die Roswitha mit dem glühenden Schürhaken zu ihm in die Wirtsstube herausgekommen, formt der Biermösel mit seinen Riesentrümmerpratzen schon zwei formvollendete „H“ daraus, selbstverständlich ohne Handschuhe, eines für „Herzloser“ und das andere für „Herzbube“.

„Wicso zwci ‚H‘, du Trottel?“, fragt die Roswitha.

„Gutc Fragc“, sagt der Biermösel, aber bei der Hitze weiß auch bei ihm die rechte Hand nicht mehr, was die linke tut.

Dann zieht er sich – und jetzt bitte alle die Augen zuhalten, die ein bisserl zarter besaitet sind! – die Strumpfhose wieder hinunter und macht den einmalig weißen, einwandfrei knochigen Arsch frei, dann bockt er sich auf und stellt sich vor, dass er das Rindvieh im Western ist und die Roswitha der Vorarbeiter auf der Ranch.

„Und jetzt?“, fragt sie, während ihr der kalte Schweiß auf die Stirn tritt und draußen eine fast vollkommene Finsternis den Auerhahn ummantelt, nachdem der Vollmond schon wieder hinter dem Gebirgskamm verschwunden ist und die Sonne im Osten noch in ihren Starlöchern scharrt, und nur der Todesschrei von im Waldbrand verendenden Mäusen durchbricht noch manchmal die heilige Stille.

„Zuerst links!“, sagt der Biermösel feierlich zur Roswitha, und sie brennt ihm zunächst zögerlich, dann aber beidhändig mit dem glühend heißen Schürhaken das erste „H“ in die linke Arschbacke hinein. Den darauf folgenden Schmerz vermag der Biermösel noch halbwegs zu unterdrücken, kraft seines Willens, aber auch dank der ganzen gesoffenen Biere, die seine Hirnhälften und -lappen in eine einmalig betäubende Tinktur gebettet haben. Das hilft ihm jetzt sehr, als der Dampf seiner verbrannten Haut an der linken Arschbacke den beißenden Geruch der verbrannten Wälder, der von draußen durch die Fensterritzen hereinströmt, verdrängt, heilige Scheiße, denkt er still bei sich, die Haut am Arsch stinkt halt wirklich immer am meisten!

„Und jetzt?“, fragt die Roswitha, mit ihrem empfindlichen Magen schon einem kompletten Zusammenbruch nahe.

„Jetzt rechts!“

Und dann tut es richtig weh. Keine gesoffenen Biere der Welt, kein reiner Alkohol und kein Joe in der Hängematte vermögen diesen einmaligen Schmerz im Arsch zu betäuben. Die Roswitha hat ihm das zweite „H“ bis zu den Knochen in den Arsch hineingebrannt, und sein furchtbarer Schrei tötet dann endlich alles Leben im Umkreis von drei Kilometern.

„Aaaaaaaaaaaaaaaaaaaaaaaaaaaauuuuuuuuuuuuuuuuaaaaaaa!“

Als neu gebrandmarkter Terrorist läuft der Herzlose Herzbube dann ein paarhundertmal um den Auerhahn herum, und die Flüchtlingsfamilie Bolivár aus den Anden drüben mit ihren Mondgesichtern aus Leder, die dem anhaltenden Schrei aus dem Wald herausgefolgt sind und jetzt begeistert „No nos moverán!“ singen, wird sich jetzt vielleicht denken, dass heute der Biermösel den Cowboy bei den Winnetou-Festspielen gibt und die Roswitha den verfolgenden John Wayne, der ihn mit dem Lasso in der Hand wieder einfangen will, weil sie ohne die kühlende Wirkung seiner ständigen Ausdünstung nicht mehr leben möchte.

Nach einer halben Stunde aber wird es ihr zu blöd, und sie fällt den neugeborenen Superterroristen einfach mit einem gut platzierten Ellenbogencheck. Dann schultert sie die Waffe eines ganzen unterdrückten Volkes und trägt sie in den Keller hinunter, wo sie den Superterroristen Arsch voran in den Krautbottich hineinsetzt, in dem sie sonst immer herumwatet, wenn es das schmerzende Brennen in ihren Venen zu löschen gilt, und dann fragt sie:

„Kannst du nicht einfach später grillen, du Trottel?“

Aber so sind halt die Weiber, denkt sich der Biermösel Arsch voran im Krautbottich sitzend. Sie haben einfach keinen Sinn für die Größe des Augenblicks.

Rambazamba

(Dazu von der Roswitha vielleicht ein paar nachtschwarze und tonnenschwere Gedanken:

1. Als ihr Bruderherz noch kein Herzloser Herzbube war, sondern als vom Wetterfleck bedecktes, vom Alkohol betäubtes und vom Leben geprügeltes Mahnmal hinter irgendeinem Baum im Wald in der saftigen Heimat herumgestanden ist, war er ihr ehrlich gesagt lieber.
2. Damals hat er ihr wenigstens am Abend noch die Fettgebirge am Arsch eingeschmiert, und sie war nicht ganz so weit weg von den Freuden der körperlichen Liebe wie heute.
3. Und überhaupt Arsch: Dass ein einzelner Mann vom Arsch her so stinken kann! Einer Frau täte das nie einfallen. Sowieso die ganze Familie geprügelt von einer schlechten Nachrede, seit die Mutti mit einem Franzosen davongerannt ist, und dann stinkt der Biermösel auch noch wie ein komplett verdreckter Iltis, furchtbar!
4. Aber sagen tut sie ihm lieber nicht, was für ein Stinker er ist. Man weiß ja bei einem Mann nie, was herauskommt, wenn er als Kind zu wenig Muttermilch gekriegt hat und auch sonst schnell beleidigt ist, wahrscheinlich glaubt er, er riecht wie der junge Morgen. Am Ende löscht er noch alle aus, der Narr, am Schluss rächt er sich vielleicht noch an der gesamten Bundesregierung, und dann haben sie zur schlechten Nachrede auch noch die Staatskrise dazu. Also den Problemboy lieber schön seine Haschischzigaretten rauchen lassen und ihn erst gar nicht zurückhalten, wenn er gleich wieder in den Wald hinausgeht und in seine Parallelwelten abtaucht.
5. Bin gespannt, wann er endlich seine Jason-Castelli-im-Dschungel-von-Kongolien-Hefterl vom Scheißhaus wegräumt. Insbesondere Folge 5234, wo es um eine besonders abseitige Form von Kannibalismus geht.

6. Ich will körperliche Liebe!
7. Nein! Ich will lieber gleich richtigen Sex, zack bumm rambazamba, und zwo, drei, los geht's!)

Terror

Wieder im Wald draußen, inmitten der noch immer tintenschwarzen Nacht, ist der Biermösel aka Herzloser Herzbube dann sofort wieder in seine schwarze Wollstrumpfhose hineingehüpft, er hat sich das Foltergeschirr aus Leder über seinen nackten Oberkörper gestreift und als Letztes die Sexmaske aus Gummi über den Schädel gezogen, darunter war ihm natürlich entsprechend heiß, aber das war es ihm wert.

Wie eine abartige Bauerntrottel-Ausgabe vom Robin Hood drüben aus Nottingham hat er ausgeschaut, ganz in winterliches Schwarz gehüllt anstatt in ansprechend sommerliches Froschgrün. Geduckt und behände wie eine alte Kuh ist er durch die Wälder gehuscht, er hat sich hier an einem verdorrten Ast ein halbes Auge ausgestochen und hat dort mit seinem Arsch ein ganzes Ameisenvolk zerstört, als er hineingefallen ist, Herrgottnocheinmal, wenn er in einem früheren Leben schon einmal Terrorist gewesen sein sollte, dann hat er jetzt wieder alles verlernt!

Als schwerer Alkoholiker hat er dann natürlich schneller als alle anderen die Witterung vom Bierfahrer Ramzi aus Ägypten mit seinem Turban aus Seide aufgenommen, der irgendwo da draußen mit den ganzen Vorräten für den Humtata-Sonntag auf seiner Ladefläche im Wald herumsteht, Hektoliter und Aberhektoliter an Freibier hinten auf der Ladefläche drauf, mit denen sich die depperte Bundesregierung beim kleinen Rest vom Trottelvolk noch schnell lieb Kind machen will, bevor es in die Wahlurne gehen soll, allerdings haben sie dabei natürlich wieder nicht mit dem ausgeprägten Geruchssinn vom Biermösel gerechnet!

Als alter Religionswissenschaftler weiß er obendrein, dass der Ramzi spätestens zur Halbzeit seiner morgendlichen Ausfahrt – um exakt 3.33 Uhr und noch in der finsteren Nacht – das erste Mal seinen Bierwagen an den Straßenrand stellen und den

Teppich zum Gebet ausrollen muss. Er wird den Arsch in die Höhe recken und die Spitznase tief in den Boden hineingraben, und zwar genau nach Mekka ausgerichtet. Eine einmalig depperte Gebetshaltung, wie der Biermösel findet, aber andererseits natürlich perfekt für seinen hinterhältigen Anschlag, er hat ja alles genau geplant.

Mit ein paar herbeigefurzten Plusgraden wird er dem Sohn der Wüste allerdings nicht am Zeug flicken können, das war dem Biermösel sofort klar, als er den Anschlag geplant hat, ein paar Plusgrade mehr werden den alten Pharao unter seinem Turban nicht fällen. Fällen wird den kompletten Antialkoholiker, der noch nie in seinem Leben ein Bierzelt von innen gesehen hat und daher den Gestank der Welt nicht kennt, letztlich nur die einheimische Geruchskeule, mit der er ihn gleich erschlagen wird. Diese unsägliche Mischung aus gut gewürzter Bohnensuppe und doppelt und dreifach gewickelten Krautrouladen wird ihm nicht schmecken, mit der die Roswitha seine Windmaschine noch zusätzlich antreibt und die sie ihm jeden zweiten Tag im Zwanzig-Liter-Kübel auf den Gendarmerieposten schleppt, wenn ihr daheim die Zeit lang wird, du heilige Maria, sehr gerne erinnert sich der Biermösel auch jetzt noch an die vollen Kübel, die sie dabei immer gegen die leeren ausgetauscht hat, aber nur sehr ungern erinnert er sich an den Tag und die Stunde, als sie das letzte Mal an seine Tür geklopft hat, so was Verletzendes will er nicht noch einmal erleben:

„Biermösel, tut sich denn bei dir überhaupt nichts mehr?“, hat sie ihn gefragt, gerade, als er es sich auf der Schwitzhütte wieder einmal gemütlich eingerichtet hat, nur er, der Joe und das Weißbier. Der Biermösel hätte natürlich wissen müssen, dass die Hitze aus seiner komplett unbefriedigten Schwester eine alles verschlingende, gierige Bestie macht, also hätte er ihr die Türe erst gar nicht aufmachen dürfen, aber ein Mann, ein Fehler nach dem anderen:

„Ist denn bei dir gar nichts mehr los?", hat sie nachgehakt und ihm dabei auf sein Hosentor gestarrt. „Keine Vergewaltigungen, kein Missbrauch, keine Notzucht? Keine Nötigung, keine sexuelle Belästigung, gar kein Verbrechen im wilden, leidenschaftlichen Liebestaumel, das du aufklären müsstest? Ich möchte doch wissen, wieso du am Abend immer so müde bist und mich nicht einmal mehr am Arsch einschmieren magst, wenn sich bei dir doch eh überhaupt nichts mehr tut."

Während sie ihn mit Vorwürfen überhäuft hat, hat sie sich zum offenen Fenster gesetzt und den rechten fleischigen Arm der Sonne zum Fraß dargeboten, und dann hat sie gesagt, was er aus ihrem Mund nie hören wollte:

„Biermösel, ich will körperliche Liebe."

Und es hat sich angehört, wie wenn der ausgehungerte Löwe in der Savanne „Ich will ein Antilopengulasch" sagt.

Langsam, sehr langsam hat sie schließlich ihren rechten Fettarm wieder hereingeholt, und der Biermösel schwört jetzt bei allen gesoffenen Bieren, die ihm bitte bei den Ohren wieder herauskommen mögen, wenn er lügt, dass der Arm von der Roswitha auf einmal mit einem einmalig schönen Fettkrusterl überzogen war, das sie ihm dann mit dem gewissen Bling-Bling in den Augen dargeboten hat, als kleines Appetithäppchen für den Hauptgang.

„Nimm mich und friss mich auf!"

Als Hauptspeise hat sie sich dann als Ganzes auf ihn draufgelegt wie eine Lastwagendladung Schotter auf den unglücklichen Bauarbeiter. Dabei hat sie „Duttelwatschen & Bier Vol. Sex" von den Radinger Spitzbuben in den Kassettenrekorder hineingeschoben und voll aufgedreht, und dann hat jeder, der ein offenes Fenster gehabt hat, an seinem Unglück teilhaben können, „Hiiiilfe!"

Je heftiger sie sich aber auf ihm bewegt hat wie die Wellen im Meer, desto stärker haben sich die Gase in seinen Därmen zum Ausgang hingeschoben, und hoppala! Wenn die Weiber beim Sex was überhaupt nicht mögen, dann sind das die gewissen Geräusche und Gerüche, die im Schlafzimmer oft für Entfremdung zwischen den Liebenden sorgen, aber Herrgottnocheinmal, gegen die Weiber und ihre Sexsucht gibt es halt letztlich kein wirksameres Mittel als den zur unpassendsten Zeit abgestellten Koffer!

Daran jedenfalls muss der Biermösel jetzt wieder denken, als er aus den Wäldern auf die Straße heruntergestiegen kommt, auf Samtpfoten, wie es das Handbuch für Terroristen vorschreibt, die Fips auf den Schultern und den tödlichen Furz schon fast in der Hose, so stürmisch drängt er in Richtung Ausgang.

Dann kommt ihm wieder einmal seine gute Schuldbildung zugute, nämlich erste Stunde, erster Lehrsatz in der Gendarmerieschule oben in Linz – Gelegenheit macht Diebe.

Der Bierwagen steht nämlich schon vorschriftswidrig geparkt herum, und der Ramzi kniet wie erwartet mit dem Wagenschlüssel in der Hand daneben. Der Biermösel braucht sich also nur noch selbst auf die maroden Knie werfen und sich Arsch voran dem Riechkolben des im Gebet versunkenen Lastenführers nähern, während er mit ein paar routinierten Kreiselbewegungen im Becken das stürmische Gas in Richtung Ausgang hin sortiert. Als der Betbruder dann endlich seinen Kopf hebt zur höheren Ehre des Herrn („Allllllaaaah!"), stößt er unerwartet mit seinem Zinken genau in die Arschspalte des Teufels hinein, die wiederum in einer schwarzen Wollstrumpfhose steckt und zum Biermösel gehört, der sich da genau vor ihm eingeparkt hat, und als der spürt, dass der Ramzi sich an ihn angedockt hat, sagt er nur kurz: „Rieche und sterbe!"

Der Gottesfürchtige glaubt dann zwar noch ein paar kurze Augenblicke lang, dass er einen schöneren Abgang verdient hätte als genau diesen, wo er doch ein Leben lang brav gebetet hat, aber da ist der Biermösel natürlich anderer Meinung. Schließlich war es der Betbruder, der ihm die erfüllte Arbeit als Bierfahrer weggenommen hat, also bläst er ihm mitleidlos ein hundsgemeines, aber gerade deshalb ausgesprochen wirkungsvolles „Pffffffffft“ in den Geruchskolben hinauf, mit ganz viel „Pffffffff“, aber nur ganz wenig „Ffft!“ im Abgang. Ein Ton, den die Vereinten Nation in ihrer langen Liste der verbotenen weapons of mass destruction schon lange ganz oben führen. Aber da kennen sie natürlich den Geruch noch nicht, der augenblicklich auf den Ton folgt – ein Gemisch aus verfaulten Bohnen, verfaulten Eiern, verfaulte Socken und ganz viel verfaultem Bier, alles zusammen gut angerührt und zusammen mit dem „Pffffffft“ hinausgeschleudert in eine sterbende Welt –

Gott ist groß!

Schon treten dem alten Kameltreiber die Augen weit heraus, bevor sie sich ein paarmal überschlagen und schließlich ganz im Schädelinneren verschwinden; seine Ohren verwelken; er verliert die Kontrolle über seine Zunge und bringt kein einziges unverständliches Wort mehr heraus, wo er doch vorher noch gerattert hat wie eine AK-47. Als er sich dann noch einmal in schöne Erinnerungen an die Märchen aus Tausendundeiner Nacht flüchten will, ist da nichts mehr, weil sich die graue Masse im Schädel zu einer kleinen Rosine zusammengezogen hat. Dann endlich sackt er zusammen. Er streckt alle viere von sich wie die vom Bolzen getroffene Kuh auf glitschigem Schlachthofboden, und nur den Arsch hält er immer noch vorschriftsgemäß in die Höhe, sodass es ausschaut, als täte er sogar im Schlaf noch beten, allerdings im sehr tiefen Schlaf der vollkommenen, ewigen Bewusstlosigkeit, „Amen!“

Der Herzlose Herzbube scheißt dann – sowieso Zeit für die erste morgendliche Sitzung! – noch zwei gut sichtbare „H“ auf die Straße, damit auch jeder sehen kann, wer das Freibier geraubt hat. Keiner von den rotwangigen Bauerntrotteln aus dem Bierzelt, die jetzt immer um den Auerhahn herumschleichen und vielleicht das Zeug zum Prohibitionsgewinnler gehabt hätten, wenn sie als Mafiosi drüben in Chicago auf die Welt gekommen wären und nicht als Bauerntrotteln in Aussee herüben, die nicht einmal einen Bierkeller ausrauben können, sondern:

„Ich, der Herzlose Herzbube!“

Glück

Wahrscheinlich hätte es erst gar nicht so weit kommen müssen mit ihm und der langsam verbrennenden Welt, denkt sich der Biermösel dann auf einmal nachdenklich, wenn die Umstände nur einen rundum glücklichen Bierfahrer aus ihm gemacht hätten, der erst gar nicht hätte zum Terroristen werden müssen, um endlich grillen zu können, weil er auf das Grillen dann auch geschissen hätte.

Sein Lebensunglück, muss er sich nämlich wieder einmal eingestehen, als er dem Ramzi die Wagenschlüssel aus der Hand nimmt und die Fips hinten zum goldenen Gold auf die Ladefläche dazuwirft, sein Lebensunglück sind ja nicht so sehr die untreuen und nie gepackten Weiber. Sein Lebensunglück ist ja vielmehr die komplett falsche Berufswahl, einmal mehr und immer wieder bereut er mit bitteren Tränen, dass er Gendarm geworden ist und nicht Bierfahrer.

Als der Biermösel dann das Führerhaus besteigt und endlich hinter dem Lenkrad sitzt und den Zündschlüssel herumdreht, erfüllt sich endlich sein Traum und er kriegt eine ungefähre Vorstellung davon, wie gelungen sein Leben hätte verlaufen können, wenn er das schon viel früher hätte tun können – so eine Freude hat er auf einmal am Leben, und das in einer so schwierigen Zeit!

Ein paar Minuten später dann, als die Sonne von ihrem kurzen nächtlichen Ausflug schon wieder zurückkommt und sich hinter dem Gebirgskamm mit seinen Spitzgiebelaltbauten und Flachdachneubauten streckt und dehnt für ihr kommendes, zupackendes Tagewerk, schlägt der Biermösel noch an der Lebensader der Volksmusikantenströme zu, um seine Botschaft durch ihren vielstimmigen Gesang auch weit genug in alle Welt hinauszutragen. Nicht abreißende Kolonnen von Glücksrittern, Gesangsbarden und Managern von Gesangsbarden, Seelenverkäufern und solchen von Lederhosen im Dreierpack, Dutzende

Duos, Trios und Quartette sowie ganze Sträuße an Enzianen und Almröseln, die im Vorprogramm vom Weiß Ferdl hätten auftreten sollen, kurz: alles, was am Humtata-Sonntag eine Lederhose tragen kann, hat sich in den Tourbus gesetzt und auf den Weg in Richtung Bierzelt in Aussee herüben gemacht, um dann gemeinsam den Höhepunkt zu erleben, wenn der Weiß Ferdl – wie es der Plan war – spät in der Nacht seinen neuen Sommerhit hätte vorstellen sollen, der, wie man hört, ungefähr so gehen soll:

„Hitze hier und Hitze da
Heiß ist es das ganze Jahr …“

Und so weiter.

Voll mit allen möglichen Noten und Melodien im Hirn, und vollgedröhnt auch mit allen möglichen Substanzen, haben die Volksmusikanten ihre Reise ins Glück angetreten. Aber voller Verzweiflung stehen sie jetzt natürlich Tourbusstoßstange an Tourbusstoßstange in einer nicht mehr enden wollenden Schlange, aus der es, wie der Biermösel ihnen ehrlichen Herzens versichern kann, kein Entrinnen mehr gibt, kein Vor und Zurück, nichts.

Da waren sie dann sogar fast dankbar für das bisschen Abwechslung, das ihnen der Herzlose Herzbube geboten hat, als er in seiner Terroristentracht auf die Straße gehüpft und dann weiter von Tourbusdach zu Tourbusdach gesprungen ist, die Arme weit von sich gestreckt und laut „Uh! Uh! Uh!“ schreiend, um sie zu erschrecken, mehr fällt ihm auch als Terrorist nicht ein.

„Wer bist denn du?“, haben sie ihn ehrfürchtig gefragt, und die kleinen Kinderlein hinten auf der Tourbusbank, von denen so ein Volksmusikant ja in jedem Ort ein paar hat, haben sich augenblicklich in die Lederhose geschissen, kaum dass sie ihn entdeckt und sein donnerndes „Uh! Uh! Uh!“ gehört haben.

„Ich bin der Herzlose Herzbube!“, hat er sie alle wissen lassen, und für die ganzen Japaner aus Sapporo und die Inder aus

Kalkutta, die ja allesamt nicht Deutsch können und es auch nicht mehr lernen werden, hat er noch die schwarze Strumpfhose hinuntergezogen und ihnen seine Arschbacken gezeigt, auf denen sie das „H“ für „Herzloser“ und das „H“ für „Herzbube“ gesehen haben, du meine Güte!

Dann ist er davongerannt, Haken schlagend, wie der Hase im Kinderfilmfernsehen, auf und davon.

„Hilfe!“, hat er sie dann alle miteinander aus der Ferne noch schreien gehört, und „Gendarmerie!“, aber auf die werden sie natürlich lange warten.

Nachdem der Biermösel nämlich den schlecht sitzenden Anzug des Terroristen abgestreift hat, trägt er wieder die perfekt sitzende faule Haut des Südländers, und als solcher hat er dann natürlich Wichtigeres zu tun, als einem Terroristen nachzustellen, der so deppert ist und sich „Herzloser Herzbube“ nennt.

Lieber wird er das ganze Freibier an einem sicheren Ort deponieren, damit es ihm niemand mehr stehlen kann, darauf freut er sich jetzt wirklich schon sehr, und „Prost, meine Damen und Herren! Ein Prost, ein Prost, ein Prösterchen, Prost!“

„Arschloch!“

Horror

„Sag einmal, Biermösel, die ganzen Dreckhaufen, die ich im ganzen Land vom Hubschrauber aus sehen muss, weil die kommunistischen Müllarbeiter jetzt schon flächendeckend die Arbeit niedergelegt haben; dazu die Ratten, die Maden, die Fliegen und nicht zu vergessen die besorgniserregende Zunahme von ausländischen Skorpionen und Klapperschlangen im Tal, die in unserem ursprünglich saftigen Klima doch normalerweise gar nichts zu suchen haben; dazu die ganzen verwesenden Toten und die im Trockenen fischenden Fliegenfischer; dazu der ganze Mittelstand, Sockel unserer prosperierenden Wirtschaft, den wir mit unseren Satellitenkameras in ihren mit Fleiß erwirtschafteten schwarzen Geländewagen in einer ungewöhnlich langen Schlage im Tal des Lichts ausgemacht haben, das jetzt auf einmal Tal des Todes heißen soll und aus dem es angeblich kein Entrinnen mehr gibt – Biermösel, was ist denn eigentlich los auf der Welt, hast du damit was zu tun?"

„Ich war es nicht!"

Der Biermösel hat sich dann überraschend für alle im Sonderverhörzimmer der Verhörspezialisten vom Innenministerium oben in Wels wiedergefunden, wo sie ihm die größte und voltstärkste Verhörlampe der Welt auf sein Gesicht gerichtet haben, heiß und verzehrend, sonnengleich.

„Aua! Heiß!"

Unter den Anwesenden, die um ihn herum im Kreis gestanden sind und ihn verhört haben, mit schwarzen Säcken über den Schädel gestülpt, wie es sich für ein Schurkenregime in einer Bananenrepublik gehört: der Karate Kid mit seinem schwarzen Gürtel sowie der Innenminister persönlich mit seiner Alkoholiker-Fahne, der noch vor ein paar Tagen „Urlaubssperre" zu ihm gesagt hat, und jetzt hat er den Salat.

Der Rasierwassertrinker hat ihn zuvor persönlich und schnell, schnell mit dem großen Gendarmeriehubschrauber vom Gendarmerieposten in Aussee herüben abholen wollen, nachdem er stunden- oder vielleicht sogar tagelang oben am strahlend blauen Himmel Rauten geflogen ist, aber schnell, schnell geht beim Biermösel natürlich gar nichts, wenn sich in seinem System der Joe und das Weizenbier um den Platz an der Sonne raufen.

„Biermösel, du Stinksack, komm endlich mit erhobenen Händen aus deiner Schwitzhütte heraus, wir haben ein paar Fragen an dich!", hat ihm der feine Herr schon durch das große Megafon vom Hubschrauber aus zugerufen. „Es gibt für dich kein Entkommen mehr, du sitzt in der Falle!"

Na, na, na, hat sich der Biermösel gedacht. In der Falle sitzt vielleicht der Mittelstand im Tal des Todes drinnen, aber ich sitze am Scheißhaus. Und dann hat er gemütlich ein paar Joes geraucht und ein paar zischende Weißbiere getrunken, bis ihm der Karate Kid mit dem großen Verhörscheinwerfer durch das Scheißhausfenster herein in den Arsch gefahren ist. Also hat er letztlich doch die Spülung gezogen und das Handtuch geworfen, obwohl draußen vor der Tür die Mondgesichter aus den Anden immer lauter und schneller „No nos moverán!" gesungen haben, weiß der Teufel, was die ihm immer sagen wollen.

Der Innenminister hat dann aber natürlich nicht mit dem Technikfeind im Biermösel rechnen können, der ja in keinen Hubschrauber hineinsteigt, solange er nicht versteht, warum der überhaupt fliegt. Also hat dann wieder alles ein bisserl länger gedauert, als der Boss bei gefährlicher Unterschreitung der Mindestgeschwindigkeit für Hubschrauber über die Straße der Sieger in Richtung Wels hinaufgeflogen ist, während es der Biermösel ein paar Meter weiter unter ihm auf seinem Moped gemütlich angegangen ist, Hauptsache gemütlich.

Um bei den ganzen anstehenden Problemen, die seiner depperten Bundesregierung seit Beginn der Hitzewelle um die Ohren fliegen, keine Zeit zu verlieren, hat der Innenminister schon aus dem Hubschrauber heraus mit dem Verhör begonnen, das lange Megafon in der Hand, die Fragen allesamt auf einem Spickzettel notiert und den großen Verhörscheinwerfer von oben herab auf ihn gerichtet:

„Biermösel!“, hat er geschrien, „jetzt hör einmal gut zu: Der ganze Saft aus der Heimat, der schöne See bei euch da unten, das ganze kostbare Nass – wohin ist denn das bitte alles verschwunden, hast du damit was zu tun?“

„Ich weiß es nicht! Ich war es nicht!“

„Sei uns nicht böse, Biermösel, aber vor den Wahlen müsst ihr doch mit ein paar Kübeln Wasser den dreckigen Ort endlich aufwischen, schön muss ein Ort ja nicht sein, aber sauber!“

Im folgenden Schauprozess vor dem Standgericht in Wels oben hat der Karate Kid dann die Verhörlampe erst wieder neu aufbauen müssen, was ihm schön langsam auch ein bisserl auf die Nerven gegangen ist – ausstecken, einstecken, ausstecken, einstecken, immer der gleiche Scheiß – dafür hat er Karate gelernt?

Aber dann sind sie dem Biermösel mit der Lampe immer dichter auf den sowieso schon komplett verbrannten Pelz gerückt, sodass seine sowieso schon komplett verbrannte Nase unter der brennenden Scheibe bald auf die sechsfache Größe angeschwollen ist. Dann hat sich der Herr Minister über seinen Zinken gebeugt und ihm mit seinen Stenografenhänden hineingepiekst – „Aua!“ –, bevor er persönlich geworden ist:

„Biermösel, du Schweinderl, nimm endlich den Daumen aus deinem Mund heraus und hör auf, nach deiner Mutti zu rufen, das ist ja peinlich, wenn einer von unseren Rambos dauernd nach seiner Mutti schreit, du meine Güte, dich möchte man ja in den Arm nehmen und der sozialen Hängematte überantworten, wenn wir die nicht schon längst abgeschafft hätten, so elend, wie du daherstotterst, hast du vielleicht in deinem Leben zu wenig Muttermilch bekommen?“

„Ich nicht!“

„Und jetzt noch Folgendes: Die ganzen Tagestouristen und Sommerfrischler, die uns in Todesangst von einem Terrorpaten namens Herzloser Herzbube erzählt haben respektive von einem Hijo de Corazón sin Corazón, wie ihn dieses Mondgesicht genannt hat, das im Wald drinnen herumgestanden ist und die ganze Zeit irgendeinen Kommunistenscheißdreck gesungen hat, Biermösel, weißt du vielleicht, was das heißen soll, und hast du damit was zu tun?"

„Ich weiß es nicht, ich war es nicht!"

Sein Hirn schwimmt ja in einer trüben, schaumigen Bierbrühe, und wenn es nicht gerade schwimmt, dann liegt es in der Hängematte und ist von einem dichten Nebel umhüllt, der nach dem Joe riecht. Der Biermösel hat also gar nicht erst den Depperten spielen müssen, als er immer wieder „Ich weiß es nicht, ich war es nicht!" gesagt hat, das beste Mittel gegen die Verhörspezialisten in Schurkenregimen ist ja immer noch der ehrliche und komplette Erinnerungsverlust infolge Alkoholmissbrauchs. Jedenfalls hat er während des ganzen Verhörs das sehr schöne Gefühl gehabt, dass es sich neulich wieder einmal so richtig ausgezahlt hat, heiliger Bimbam, aber er hat natürlich nicht mehr gewusst, wo genau er sich den Brummschädel wieder eingefangen hat. Das Licht der Verhörlampe ist ihm wie brennende Nadeln durch die Augen hinauf ins Hirn gefahren und hat ihm dort nie gekannte, höllische Schmerzen bereitet, die ihn nach Gnade wimmern ließen und um die Rückgabe seiner tiefschwarzen General-Jaruzelski-Brille, „Bitte! Bitte! Bitte!"

Aber der Innenminister war gerade nicht in der richtigen Stimmmung für eine Begnadigung, und die Sonnenbrille vom Biermösel hat ihm selbst sehr gut gefallen, „Danke!"

Der Kid hat dann also die Verhörlampe wieder ausstecken und zusammenpacken müssen, und dann haben sie den Biermösel in die Gummizelle geschmissen, die normalerweise für die komplett geistesgestörten Einheimischen als Zwischenstation auf ihrem Weg hinüber in den Spiritus in Salzburg reserviert ist, nur dass die Hitze mittlerweile auch die nicht wenigen Geistesgestörten im Land hinweggerafft hat und der Biermösel den ganzen Luxus einer Gummizelle für sich alleine gehabt hat, zusammen nur mit der voltstarken Verhörlampe, die der Karate Kid wieder hat anstecken müssen, und mit einem kleinen Transistorradio, in dem der Feindsender *Radio Saftiges Bayern* gelaufen ist, wahrlich die reinste Folter.

„Biermösel", hat der Innenminister gefragt, „weißt du eigentlich, was die Weißwurschtibrüder drüben in Bayern in ihren Bierzelten schon über uns singen?"

„Ich weiß es nicht!"

„Na dann hör einmal gut zu. Und zwo, drei:

‚Es gibt kein Bier in Aussee, es gibt kein Bier!

Es gibt kein Bier in Aussee, drum bleib ich hier!'", singen sie, und dann hat ihn der Innenminister wieder gefragt:

„Weißt du, warum es in Aussee kein Bier mehr gibt?"

„Ich war es nicht!"

Der Kid hat dann seine Lampe schön brav wieder ausgesteckt, und zusammen mit dem Biermösel hat er alles hinausgetragen vor die Tür, wo er ihn in eine Mülltonne hineingeworfen und die Lampe wieder neu aufgestellt hat. Sofort hat sich die heiße Tonne mit dem ganzen Schweiß aus seinem Körper gefüllt, und mit dem obenauf schwimmenden Bierschaum hat das dann sogar ein bisserl so ausgeschaut, als täte der Biermösel – ganz wie der Jason Castelli! – auch im Suppentopf von einem Schurkenregime herumschwimmen und das Süppchen schön kochen, näher war er seinem Helden noch nie.

Der Biermösel fährt dann hoch wie der Alptraumgeplagte aus seinem unruhigen Schlaf. Oft weiß er ja wirklich nicht mehr, in welch finstere Ecken des Lebens er sich zuvor verrannt hat, die Frage lautet dann immer: Sind es Tage gewesen, die seit seinem letzten großen Besäufnis vergangen sind, oder waren es Wochen? Jahre?

Dass er es wieder so hat übertreiben müssen! Entweder er hört jetzt wirklich ganz schnell mit dem Saufen auf, denkt er sich mit der Einsicht des Übernächtigen, oder er kriegt sehr schnell von irgendwo ein frisches Bier her, da wird er sich bald für das eine oder das andere in seinem Leben entscheiden müssen –

„Roswitha, bring mir ein Bier!"

Der Biermösel muss sich dann erst wieder ein bisserl sortieren und sich den Schlaf aus den Augen reiben, ehe er kapiert, wo genau er dieses Mal wieder zu liegen gekommen ist und seinen Rausch ausgeschlafen hat – da schau her!, denkt er sich. In einem komplett durchlöcherten, leeren und stinkenden Ölfass ist er die ganze Zeit gelegen, das seit Anbeginn der Welt auf dem Schießstand hinter dem Auerhahn herumsteht und auf das er neulich mit der Roswitha ein paar kleine Schießübungen veranstaltet hat, nachdem sie wieder einmal gesagt hat: „Biermösel, ich will Sheriff werden!" Bevor ihr dann doch wieder das andere lieber war: „Biermösel, ich will körperliche Liebe!" Die Weiber wissen halt einfach nie, was sie wollen, ist dem Biermösel seine abschließende Meinung zu den Weibern, aber das ist natürlich nur ein Problem mit ihnen, eines von vielen, „Roswitha, hol mir endlich das Bier!"

Der Biermösel ist ja Gott sei Dank mit einer blühenden Fantasie ausgerüstet, die ihn umstandslos in jede Parallelwelt abtauchen lässt, seit er ohne kleinen Bruder hat aufwachsen müssen, der mit ihm die Abenteuer aus Jason Castelli im Dschungel von

Kongolien hätte nachspielen können, als da wären: die ganzen Suppentopfgeschichten, die Tigerbändigungen und Elefantenrennen, die rituellen Schlachtungen und – jawohl! – auch die ergreifenden Geschichten von abseitigem Kannibalismus, die er als kleiner Biermösel mit einer voltschwachen Lampe in seiner Selchkammer drinnen studiert hat und die ihm einen guten Vorgeschmack auf die Abgründe seines weiteren Lebens in Aussee herüben gegeben haben –

„Hol dir dein Bier selber!"

Mit dem kleinen fetten Knödel von einer Schwester, den ihm seine Mutti hinterlassen hat, war das Nachspielen der Abenteuer vom Jason Castelli natürlich unmöglich, weil die Weiber den ganzen Abartigkeiten und furchtbaren Brutalitäten in so einem Dschungel ja schon alleine wegen ihrem empfindlichen Magen, der ein weiteres Problem von den Weibern ist, nichts abgewinnen können und darum lieber „Gentlemanermittler Rock Rockenschaub löst auf alle Fälle alle Fälle" lesen. Aber du meine Güte, so sind sie halt, die Weiber! Sie lesen einfach lieber Bücher, als dass sie sich Comichefterl anschauen. Und lieber hören sie sich „Schö Tem" vom Weiß Ferdl an als „Duttelwatschen & Bier Vol. 1–69" von den Radinger Spitzbuben, das sind im Wesentlichen die Probleme mit den Weibern.

Das Rätsel um die voltstarke Verhörlampe war dann trotz Brummschädel im Kleinhirn für einen routinierten Ermittler wie den Biermösel rasch gelöst, und für die, die noch nicht selbst draufgekommen sind, hier die Lösung:

Es war natürlich nur die freundliche Mutter Sonne, die ihn vom Himmelszelt herab angeleuchtet und zu neunzig Prozent verbrannt hat, während er tagelang in der Heizöltonne herumgelegen ist und im Vollrausch fantasiert hat. Und der Karate Kid war gar kein Verhörspezialist, wie er die ganze Zeit geglaubt hat, sondern nur ein Schlitzauge aus Sapporo drüben, der es sich mit ein paar anderen halbverdursteten rotbackigen Holzfällern um sein Ölfass herum gemütlich gemacht und immer wieder gefährlich den Arm nach ihm ausgestreckt hat, mit dem er ihm dann den Bierschaum vom Schädel gepflückt und sich gierig in den Mund geschoben hat, freilich ohne dafür zu bezahlen, „mmmhm!“, schreien sie, „lecker!“

Bedient euch ruhig und greift zu!, denkt der Biermösel dann großmütig, macht einen bayrischen Bierkrug aus mir und malt mich an! Er weiß ja besser als sie, wie es wieder ausgehen wird, sobald er den Hilfssheriff aktiviert und „Roswitha!“ geschrien hat.

„Roswitha!“

Die Roswitha muss dann aber erst das halbe Waffenarsenal zur Rückseite vom Auerhahn schaffen, weil sie nur noch nach vorne hin überwacht, seit er den Grasmuck am Dachboden zur Unterstützung seiner Erderwärmung aufgestellt hat und dieser seine Gase nach hinten hin in die Welt hinausschleudert, wodurch diese Flanke normalerweise gut gesichert ist, weil den Gestank und den Lärm niemand überlebt. Nur dass der Biermösel jetzt nichts von ihm hört und riecht, da muss was passiert sein: „Grasmuck, was ist denn los, wieso feuerst du nicht mehr?“

Als dann endlich doch noch der Kugelhagel auf die Bierdiebe herniederprasselt, ist der Biermösel endgültig wieder aus seiner Vollrauschwelt aufgetaucht und heroben in der Welt angekommen, wie sie wirklich ist – gefährlich, stinkend, niederträchtig und voll mit gierigen Leuten, die sich an ihm laben wie der Wandersmann am springenden Bächlein. Geschätzte 24,3 Liter ausgeschwitztes Bier vermisst der Biermösel außerhalb seines Systems, und das werden sie natürlich büßen!

Das Blei aus den Spritzen von der Roswitha pfeift ihnen wahlweise knapp an den Ohrwascherln vorbei oder überhaupt gleich mitten durchs Hirn, je nachdem, ob seine Schwester gerade wieder Sheriff werden möchte oder sich doch wieder nach körperlicher Liebe sehnt.

Breitbeinig wie der John Wayne den Saloon am Viehzüchterkongress, betritt der Biermösel dann die Wirtsstube, in der die

Roswitha jetzt hinter zugezogenen, schweren Vorhängen sitzt, ganz in sich selbst versunken, abgewandt von der Welt und, wie es ausschaut, mit einem furchtbaren Geheimnis schwer auf ihren Schultern lastend.

„Eh die ganze Familie schwierig!", bricht es aus ihr heraus, noch bevor er sie mit einem Fußtritt in den Arsch um ein Bier schicken kann. „Eh schon eine schlechte Nachrede im ganzen Ort! Und dann liegt der feine Herr auch noch tagelang in seinem Ölfass hinter dem Wirtshaus herum und schreit gegen eine Verhörlampe an, die es in der Wirklichkeit gar nicht gibt!"

„Und hat mich in der Wirklichkeit wenigstens eine gesucht in meinem Ölfass da draußen?", schreit der Biermösel zurück, aber da muss ihn die Roswitha natürlich enttäuschen:

„Nicht eine Einzige."

Da liegt er also tagelang in einem leeren Ölfass herum, besoffen bis über beide Ohren, verfolgt von Dämonen aus seinen Comichefterln und umstellt von Holzfällern und Bauerntrotteln, die Bierschaum von seinem Schädel herunterpflücken und von denen er wahrscheinlich einen für den Innenminister gehalten hat, und dann gibt es nicht eine Einzige, der er abgegangen wäre und die ihn deswegen gesucht hätte?

Das ist dann sogar im mit Tiefpunkten gepflasterten Leben vom Biermösel ein einmaliger Tiefpunkt an Einsamkeit, in den er sich da selbst hineingefurzt hat. Und kurzzeitig überlegt er beim Anblick der Roswitha und ihrem Schlachtermesser sogar, ob er nicht doch endlich den Sack zumachen und mit ihr in die Kammer hinaufgehen soll, sobald sie wieder einmal „Ich will körperliche Liebe!" gesagt hat, und er überlegt weiter, ob er sich dann von ihr dort oben nicht einfach missbrauchen lassen soll, und zwar noch gründlicher als vor kurzem am Gendarmerieposten, sodass die Segnungen ihrer körperlichen Liebe gleichzeitig auch seinen endgültigen Abschied von dieser elenden Welt bedeuten.

Aber sogar da war ein anderer schneller!

So wie der Jason Castelli in irgendeiner Ecke vom Dschungel in Kongolien immer die vom Löwenrudel zerfetzte Gattin vom Wildhüter entdecken muss, so entdeckt der Biermösel in einer Ecke der Gaststube auf einmal seinen alten Freund Grasmuck, den er ursprünglich zur Unterstützung seiner Erderwärmung oben am Dachboden aufgestellt hat, was aber – im Nachhinein betrachtet! – keine so gute Idee war. Komplett zerschunden und zerlegt liegt er herum, sexuell missbraucht bis dorthinaus, halb aufgefressen und halb wieder ausgespuckt, Opfer eines furchtbaren Aktes von abartigem Kannibalismus.

Zwar hätte der Biermösel jetzt auch eine voltstarke Verhörlampe draußen in der Garage stehen, mit der er seiner Schwester auf den Pelz rücken und ein Geständnis aus ihr herausquetschen könnte, aber sie hat das Schlachtermesser in der Hand.

„Hast du damit was zu tun?“, fragt er sie daher nur aus sicherer Entfernung und ohne den sonst schneidigen Unterton, aber sie schneidet nur weiter an ihren Zehennägeln herum und sagt ganz ruhig:

„Ich war es nicht.“

Das kann ein unerfahrener Ermittler jetzt glauben oder nicht, je nachdem. Dem Biermösel aber mit seiner ganzen Erfahrung im Beruf und dem jahrlangen Studium seiner Lieblingscomics hat alleine das Blut um ihre Lippen herum alles gesagt: dass ihr Magen gar nicht so empfindlich ist, wie er immer geglaubt hat. Weil seine Schwester nämlich doch nicht nur „Gentlemanermittler Rock Rockenschaub“ liest, wie er immer geglaubt hat, sondern heimlich auch seine Comicshefterln mit dem Jason Castelli im Dschungel von Kongolien und den ganzen schönen Geschichten vom Kannibalismus, die sie ihm vom Scheißhaus herunterstiehlt und nicht der Flüchlingsrotzbub Juanito, den er ursprünglich im Verdacht gehabt hat.

Der Biermösel hätte die Roswitha dann gerne um ein paar Eiswürfel für den Grasmuck in den Keller hinuntergeschickt, damit die Fliegen ihn nicht gar so schnell fressen und er ihn noch ein bisserl länger anschauen kann, schließlich war er sein einziger Freund.

„Selber schuld!"

Aber trotz der Schwere ihres Verbrechens und trotz der drückenden Beweislast bleibt der kleine fette Knödel hochmütig und uneinsichtig. Also wird der Biermösel die Eiswürfel selber holen und die Ermittlungen im Kriminalfall Roswitha Biermösel lieber heute als morgen einstellen. Als Schweinsbratenköchin von Geburt an wird sie ihm aber heraußen sowieso nützlicher sein als drinnen im Knast, also Freispruch, Euer Ehren, „aber leg jetzt endlich das Schlachtermesser weg!"

In der fast vollkommenen mittäglichen Stille liegt der Biermösel dann gemütlich auf seiner Ofenbank herum und schaut abwechselnd dem Grasmuck beim Totsein zu und dann wieder der Uhr beim Zerrinnen der Zeit, jawohl, beim Zerrinnen! Mittlerweile ist es nämlich so heiß, dass sogar die Zeit in der Uhr drinnen zerrinnt, heilige Scheiße, so heiß ist es mittlerweile, dass nur noch der Flügelschlag der Fliegen zu hören ist, und das bedeutet meistens nichts anderes als Endzeitstimmung, schlag nach im Handbuch für Spaghettiwestern, stimm ein in die langgezogenen Mundharmonikamelodien.

Die Einschläge kommen dann immer näher, und die Druckwellen seiner Zerstörungswut blasen überraschend sogar einen blühenden Ast von seinem Familienstammbaum herunter, von dem der Biermösel bisher noch gar nicht gewusst hat, dass es ihn überhaupt gibt. Jedenfalls hätte er in seinem Alter nicht mehr darauf gewettet, dass die ganze Zeit ja eh ein kleiner Bruder von ihm da draußen herumgelaufen ist, mit dem er hätte Jason Castelli spielen können, wenn er ihn nur rechtzeitig kennengelernt hätte, jetzt fehlt nur noch, dass ihm eine sagt, er ist schon die längste Zeit Papa.

Eher hätte er in diesen Tagen der Wut und der Glut stündlich mit einem Anruf von der Schwester Oberin drüben in Goisern gerechnet: dass nämlich dem Alten endgültig die Luft ausgegangen ist und er heuer endlich nicht mehr die Kommunisten wird wählen können, „gesegnet sei der Große Chef vom Ganzen oben im Himmel, in Ewigkeit, Amen!"

Aber die haben neulich nur angerufen, dass er ihn endlich abholen möge, weil der Betrieb eingestellt wird und sie lieber ein Siechenheim in irgendeiner Bananenrepublik in Afrika unten aufmachen, wo es vergleichsweise kühl und frisch ist und die politische Lage nicht so dramatisch wie in der eigenen saftigen Heimat.

Also hat er dann ein paar weitere Stunden lang darauf gewartet, dass vielleicht sein kleiner fetter Knödel von einer Schwester von selbst aus den Gesundheitslatschen herauskippt und er gar nicht nachhelfen muss – wegen der Einsamkeit, wegen dem Bluthochdruck, wegen der schieren Verzweiflung über die unerfüllte körperliche Liebe und vielleicht auch ein bisserl wegen der unerträglichen Hitze. Es hätte ihn jedenfalls nicht überrascht, wenn sie bei mittlerweile plus 47,4° im Schatten mit pelziger, heraushängender Zunge irgendwo herumgelegen wäre, erdrückt vom eigenen Fett, ersoffen im eigenen Wasser, das aus den gebrochenen Venen in ihren Klumpfüßen herausströmt, und womöglich am Schluss sogar noch geschändet von irgendeinem grobschlächtigen Holzfäller am Stammtisch, dem es dann – zu spät freilich! – doch noch eingefallen ist, dass er sie die ganze Zeit geliebt hat, immer nur sie.

Aber auch die lebt immer noch.

Also schickt er sie jetzt weiter in die Küche hinein um die gußeiserne Pfanne, weil er mit dem ganzen dicken Blut in seinen Venen selbst nicht mehr die Kraft hat, dass er den Arm hebt und mit schneller Hand die lästige Fliege zertrümmert, die sich seit einer Stunde um seine verbrannte, geschwollene und schön langsam komplett eitrige Nase herumtreibt.

Allerdings dreht das depperte Vieh auf einmal ab und fliegt dann einfach beim Fenster hinaus, noch bevor die Roswitha mit der Pfanne zum Rückhandschlag ausholen kann, mutmaßlich, weil es irgendwo da draußen frischeres totes Fleisch gibt als seine eigene abgestorbene Nase und den schön langsam zum Stinken anfangenden Grasmuck, den er wegen seiner abgestorbenen Nase aber Gott sei Dank nicht riechen kann.

„Apokalyptisch", sagt die Roswitha zu dem ganzen Schauspiel.

„Du mich auch", sagt der Biermösel.

Gemeinsam schauen sie dann der Fliege nach, wie sie über die Straße hinweg in die nahe gelegenen Kiefernwälder hineinfliegt, die aber alle schon verbrannt sind, und dann immer weiter mitten durch seine Buchenwälder hindurch, die natürlich widerstandsfähiger sind und zum Verweilen einladen. Aber auch dort hält sich das Fliegentier nicht lange auf, sondern schließt sich einem Verband anderer Fliegen an, der sich als dichte schwarze Wolke in Richtung Gebirgskamm hinaufschraubt, wo sie sich dann alle miteinander vor dem Spitzgiebelaltbau vom Weiß Ferdl in den zähflüssigen Verkehr einreihen, der dann vor der sperrangelweit geöffneten Eingangstüre überhaupt zum Erliegen kommt, so weit kann das patentierte Adlerauge vom Biermösel nämlich sehen, und spätestens jetzt denkt er sich:

Alarm, Alarm!

Wenn sich die Fliegenplage nämlich ausweitet, dann fressen ihm die Viecher am Ende noch das Fleisch vom Griller, und alle seine Bemühungen für einen gemütlichen Grillabend waren umsonst.

Also schnell den Auerhahn zugesperrt und rundherum noch ein paar kräftige Stinkbomben hingeschissen, in denen jeder umkommen wird, der sich dem Auerhahn in feindlicher Absicht nähert und es auf seinen Bierkeller abgesehen hat.

Der Biermösel wird der Ursache für die Fliegenplage dort oben im Spitzgiebelaltbau einfach selbst auf den Grund gehen, so wie der Jason Castelli immer den Ursachen für dieses und jenes selbst auf den Grund geht. Und weil die Roswitha seine kühlende Feuchtigkeit nicht mehr missen möchte, lässt sie sich auch mit dem gut platzierten Leberhaken nicht mehr abschütteln, als er endlich die Fips besteigt und den Kickstarter tritt, also nimmt er sie halt mit.

Nachdem seine treue Fips ihn mit dem schweren Ballast vorm Spitzgiebelaltbau oben am Gebirgskamm abgeworfen hat, nach einer abenteuerlichen Fahrt die Serpentinen hinauf, während der sie sich wegen der deutlich höheren Nutzlast die Lunge herausgehustet hat, schaut der Biermösel mit den ganzen zerfetzten Fliegen im Gesicht im Wesentlichen aus wie eine Autobuswindschutzscheibe nach einer längeren Ausflugsfahrt im schwülen Sommerwind, sodass ihn die Roswitha gar nicht mehr erkennen würde, wenn sie ihn denn anschauen täte.

Aber das tut sie nicht.

Stattdessen hat sie schon ihren Rezeptblock samt dem gut gespitzten Griffel gezückt, und dann geht es los: Wie der eifrige Ermittler im Freitagskrimi steht sie bei der Eingangstür vom Weiß Ferdl zwischen den ganzen Fliegen herum und notiert: „Obwohl Eingangstüre sperrangelweit offen, stauen sich einheimische Fliegen heraußen im Freien, warum?"

Böse Gerüchte hat es schon früher gegeben, aber böse Gerüchte gibt es immer. Dass der Weiß Ferdl gar nicht „unser" Weiß Ferdl ist zum Beispiel, sondern ein halber Ausländer, „der ist ja summa summarum mehr ein Franzose", haben sie gesagt, „mit seiner Samtstimme, seinem Dackelblick und dem dauernden ‚Schö Tem'!"

Die Ad-hoc-Außenansicht vom Spitzgiebelaltbau entkräftet aber zumindest in den Augen vom Biermösel diese Gerüchte vollkommen. Die Hülle glänzt wie vorgeschrieben in schwarzem Holzlack, der Spitzgiebel ist von einer einmaligen Spitzheit, die Schnitzkunst von Meisterhand ausgeführt, rot-weiß-rote Fensterläden, ein Hirschgeweih über der Tür sowie ein Wetterhäuschen, größer als die Garageneinfahrt vom Schwarzenegger drüben in Amerika, ergeben alles in allem einen vorbildlichen einheimischen Traumaltbau, an dem nichts auszusetzen ist, freilich mit der vorläufigen Einschränkung:

Nach außen hin! Wie es in so einem Spitzgiebelaltbau nämlich innen ausschaut, das weiß man ja immer erst, nachdem man eingetreten ist.

Ein erster Rundum-ad-hoc-Blick im Inneren der Höhle genügt dem Biermösel, um ihn erschaudern zu lassen: Der Weiß Ferdl wohnt allem Anschein nach nicht in einem Stammtischnachbau aus Holz, wie es für Volksmusikanten vorgeschrieben wäre, sondern in einer Denkerstirn-Bude aus Glas und Plastik, eine Knopferlharmonika suchst du bei dem jedenfalls vergeblich, dafür hat er sich ein Klavier hereingestellt. Wo das Auge auch hinstreift – es findet sich im ganzen Haus kein Herrgottswinkel und kein einziges Hirschgeweih, an dem eine Jägertracht hängen täte, keine rot-weiß karierten Deckchen liegen am Tisch und keine Dielen am Boden. Stattdessen ist alles in unpersönlichem Weiß gehalten, überall stehen Bücherregale und Chanson-Platten herum, und an der Wand hängt zwar das in den hiesigen Regionen vorgeschriebene Stickdeckerl, aber wo normalerweise „Hier ist es fein, hier kehr ich ein, hier wohnt mein kleines Herzilein!“ draufstehen müsste, steht bei ihm nur „L'Humtatá, c'est moi!“, Kruzifixnocheinmal, was soll denn das jetzt wieder heißen?

Schon in der Gendarmerieschule oben in Linz hat der Biermösel im Fach „Heimat, saftige Heimat“ gelernt, wie ein Mensch auszuschauen hat, damit er als Einheimischer durchgeht. Der Ausbildner ist mit dem Musterkoffer vom Loden Friedrich in der Hand zu ihnen in die Klasse gekommen, und dann hat er ihnen vorgeführt, wie es geht.

„Zuerst das Grundsätzliche: Mit Schlitzaugen geht gar nichts, und mit einer Negerhaut samt Neger-Schlauchbootlippen im Gesicht erst recht nicht!"

Dann, mehr ins Detail gehend, hat er erklärt, wie in der saftigen Heimat die Wollstutzen getragen werden müssen und auf welcher Seite am Hut der Gamsbart zu stecken hat. „Ohne Gamsbarthut überhaupt nie hinausgehen!", hat er sie angewiesen. „Oder kann sich von euch vielleicht irgendwer vorstellen, dass der Negerhauptmann ohne seine Negerwolle am Schädel hinausgeht, oder das Mondgesicht aus den Anden ohne seine gestrickte Pudelhaube in den grauslichen bunten Farben, kann sich das vielleicht irgendwer vorstellen?"

„Wir nicht!"

„Das will ich meinen! Wir von der österreichischen Gendarmerie im Besonderen und wir vom gesegneten österreichischen Volk im Allgemeinen danken ja mit stolzgeschwellter Brust praktisch jeden Tag dem Herrgott, dass wir Einheimische sind und keine Hugenotten oder Hottentotten oder sonstige Falotten, also was ist, hör ich vielleicht ein vielstimmiges Danke?"

„Danke!", haben sie alle miteinander im Chor geschrien, außer der Biermösel natürlich, der in das ganze saftige Gebrüll hinein einen Ordentlichen hat fahren lassen, woraufhin wieder einmal alle kollabiert sind und die ganze Schule geräumt hat werden müssen, Alarm, Alarm. Aber damals hat er sein Talent noch nicht richtig einschätzen können und hat sich mit dem Kollaps der Mitmenschen zufriedengegeben, während er heute nach der Vernichtung der Welt strebt.

An diese Worte vom Ausbildner jedenfalls erinnert sich der Biermösel jetzt wieder, als er endlich den Weiß Ferdl auf seiner Chaiselongue (und nicht etwa auf seiner Ofenbank!) liegen sieht, und sein Anblick ist dann überhaupt die Enttäuschung des Sommers!

Ausschauen tut er nämlich – jedenfalls nach allem, was man nach dem ersten Ad-hoc-Blick sagen kann – wirklich mehr wie ein Franzose als wie ein einheimischer König, mit seinem schwarzen Rollkragenpullover und dem dünnen Bärtchen, das den Biermösel frappant an den Damenbart von seiner Mutti erinnert.

„Hat der nicht immer von der ewigen Liebe gesungen?“, kann er sich dann einen Seitenhieb auf die ewige Liebe nicht ersparen. „Wie kann denn so einer überhaupt sterben?“

Mit einem Staatsbegräbnis für den Ferdl wird es in diesem Franzosen-Aufzug jedenfalls nichts werden, da wettet er tausend weiße Rosen. Die Tränen vom Volk werden schneller versiegen als die Tränen auf seinen Wangen, nachdem er die Mutti und ihre Dutteln an den Schonn Gabönn verloren hat, und bei ihm war in neun Tagen, sieben Wochen, vierzehn Monaten und einem Jahr alles vorbei.

Nachdem der Biermösel in Überschreitung seiner Kompetenz beim Ferdl einen gewaltigen „Hitzschlag“ als Todesursache festgestellt hat, legt er ihn gedanklich einfach zu dem ganzen Haufen mit den anderen Opfern seiner Erderwärmung dazu, und dann sagt er zur Roswitha:

„Abmarsch! Ich hab ja auch noch einen gewaltigen Brummschädel!“

Der fette Knödel aber entwickelt ein überraschendes Eigenleben, mit dem der Biermösel nicht gerechnet hat:

„Zwar sehe ich Beweise, dass der Ferdl wie ein Franzose ausgeschaut und auch wie einer gestorben ist“, sagt sie gespreizt wie der Rock Rockenschaub in seinen blöden Romanen. „Aber fragt hier auch einmal einer nach dem Warum?“

Meine Güte, denkt sich der Biermösel, warum müssen die Weiber eigentlich immer nach dem „Warum“ fragen?

Während er sich dann ein weiteres Mal fragt, warum ihm die Mutti nicht einen kleinen fetten Knödel von einem Bruder hinterlassen hat können, hat die Roswitha schon längst den Briefkasten ausgeräumt und die ganze Fanpost vom Ferdl durchgeblättert, die sich bei einem König natürlich kistenweise stapelt – jede Menge Briefe von einsamen, vernachlässigten Hausfrauen, die sich nach ein bisserl körperlicher Liebe mit ihm sehnen und die an den „Weiß Ferdl, Spitzgiebelaltbau, Aussee" adressiert worden sind, alle keine Überraschung, insbesondere nicht ihre eigenen Brief, die ihr jetzt ein bisserl peinlich sind.

Der wahlwerbende Brief vom „Moviemento contro il Alcohol, dafür pro Jesu" aber, der mit der Bitte um einen kleinen Obolus für die Wahlkampfkasse endet, ist nicht an den Weiß Ferdl gerichtet, sondern an einen gewissen „Ferdinand Blanc, Gebirgskammstraße, Aussee", und jetzt fragt die Roswitha ihren großen Bruder:

„Warum ist das so?"

„Weil der Weiß Ferdl nicht alleine da gewohnt hat, sondern mit dem Ferdinand Blanc zusammen?", mutmaßt der Biermösel, aber mit dieser Erklärung kann und will sich die Roswitha natürlich nicht zufriedengeben.

Als Schweinsbratenköchin von Geburt an schaut sie nämlich immer ein bisserl genauer hin, wenn irgendwo ein Stückerl totes Fleisch herumliegt, und so wie sie das Schweinsbratenfleisch immer hin und her dreht und her und hin, so wie sie es immer befühlt und von allen Seiten betatscht, bevor sie es in das Rohr hineinschiebt und den Ofen auf Vollgas dreht, so wendet und dreht sie jetzt auch den Ferdl ein paarmal hin und her, und schon überlegt sie, ob sie seinen Leichnam nicht einsalzen und später schänden soll, weil sie etwas sehr viel Versprechendes am Ferdinand bzw. im Ferdinand drinnen ertastet, etwas, das sich lang und steif und hart anfühlt in ihren Händen und sie sofort an die körperliche Liebe denken lässt. Aber dann merkt sie, dass es gar nicht sein kleiner Franzose ist, mit dem sie da spielt, sondern eine Trompete, die ihm in der Gurgel drinnen steckt und bis zum kleinen Franzosen hinunterreicht, und jetzt lautet die bange Frage natürlich:

„Warum ist das so?"

So eine Gurgel ist nämlich ein ungewöhnlicher Aufbewahrungsort für eine Trompete, findet der Biermösel, außer natürlich man sagt, dass der Ferdl in seiner Letztbestimmung ein Trompetenkoffer war.

Bei den Franzosen weiß man ja schließlich nie.

Politischer Mord

Der Biermösel hat dann den Schock noch nicht verdaut, dass einer Weiß Ferdl und Ferdinand Blanc gleichzeitig heißen kann, da kommt die Roswitha schon mit seinem Volksmusikantenbefähigungsausweis aus dem Schlafzimmer herausgerannt und nimmt den schnellen Datenabgleich im Großhirn vor, ohne Scanner, dafür mit Daumen mal Pi und einer Portion Hausverstand:

Als die Biermösel-Mama verschwunden ist, kombiniert sie, war der Krieg gerade ein paar Jahre zu Ende und der Mond noch längst nicht erobert, „richtig?"

„Richtig!"

Und als der Ferdinand laut seinem Volksmusikantenbefähigungsausweis geboren worden ist, war der Krieg ebenfalls gerade erst ein paar Jahre zu Ende und der Mond noch immer längst nicht erobert, freilich exakt plus neun Monate Schwangerschaft, das passt alles hinten und vorne zusammen. Dazu sein verdächtiger Damenbart, der dem von der Mama verblüffend ähnelt! Dazu der Rollkragenpullover, der auch den Biermösel gleich an den Schonn Gabönn von damals erinnert hat! Und sogar das Blut vom Ferdl, das sich die Roswitha genau angeschaut und mit ihrem eigenen verglichen hat, ist haargenau das gleiche wie ihres, nämlich blutrot bis dorthinaus, also sind sie alle ein Fleisch und ein Blut!

Der Biermösel findet dann aber nicht, dass das richtige Beweise sind. Noch will er nicht so recht glauben, dass einer, der „Schö Tem" singt und in so einer Bude wohnt, sein Bruder sein soll. Aber je schneller und sicherer die Roswitha kombiniert und ermittelt, desto kleinlauter wird nicht nur er selbst, sondern werden auch seine Bumsis, die sich jetzt fast ein bisserl schämen, dass sie die Luft verpesten dürfen, die der kleine fette Knödel atmet, immer dünner und leiser werden sie, bis sie endgültig verstummen.

Als sich dann aber endlich die erste Fliege bei der Türe hereintraut und sich auf den schon sehr geschwollenen Bauch vom Roi d'Humtatá draufsetzt, damit sie das Festmahl beginnen kann, kommt dem Ferdl unter ihrer Last so eine unverwechselbare Bombe à la Biermösel aus, dass sich die Erdachse mit nur einem einzigen Ausstoß gleich um ein paar Längengrade verschiebt und die Luft auf der Nordhalbkugel um ein paar Grade erwärmt – und hoppala, plus 47,7° im Schatten. Da spätestens ist dann sogar der Biermösel überzeugt, dass es sich beim Ferdl um seinen Bruder handelt, wer könnte sonst so furzen?

Für die ausgedehnte und tief empfundene Familientrauer bleibt dann aber natürlich wenig Zeit. Ein paar schnell gerauchte Joes, weil man inmitten der ganzen tief empfundenen Trauer auch ein bisserl lustig sein will. Dann mit den Eisenfüßen ein paar langsame Akkorde auf dem gläsernen Flügel gespielt, bis er komplett zusammengebrochen ist. Dann noch heimlich zur Feier des Tages still und leise an der französischen Cognacflasche genippt, damit man weiß, was man ein Leben lang nicht versäumt hat – pfui Teufel! So was Grausliches hat die Zunge vom Biermösel noch nie benetzt. Und dann halt selbst ein paar Eiswürfel aus dem Keller heraufgeholt und auf seinen kleinen Bruder draufgelegt, sogar ein paar mehr als von der Anni und der UNO für solche Fälle empfohlen, damit er ihn sich noch ein paar Minuten länger anschauen kann als vor ein paar Stunden den Grasmuck. Den, der sein kleiner Bruder war und der sein Nachfolger hätte werden können, wenn er ihn nur ein bisserl früher kennengelernt und auf den rechten Weg umgeleitet hätte – weg vom Erfolg im Bierzelt, hin zum Elend der Ermittlerei. Weg von den vielen Weibern, die so einem König nachrennen, hin zur kompletten Einsamkeit eines Ausseer Landgendarmen, der ein Leben lang komplett ohne Weiber auskommen hat müssen.

Hätte der Biermösel nur ein paar Jahre früher gewusst, dass er einen kleinen Bruder gehabt hat, dann hätte er den Ramzi schon damals am Ohrwascherl packen und aus dem Bierwagen herausholen können, so malt sich der Biermösel jedenfalls die Vergangenheit in den buntesten Farben aus. Und dann hätte er dem Ferdl alles erklärt, was er weiß über die Flüsse und das Meer, über den Fememord und das Abstechen im Blutrausch sowie über Sonne, Mond und Sterne. Und der Ramzi wiederum hätte sich getrost eine Lederhose anziehen und sich der Volksmusik zuwenden können, und wenn die anderen zwei nicht schon tragisch verstorben wären, dann …

Aber scheiß der Hund drauf!, denkt sich der Biermösel dann und entzündet die erloschene Glut an seinem Joe. Wenn er es sich nämlich recht überlegt, dann lehnt er einen Franzosen als jüngeren Bruder sowieso rundheraus ab, wurscht, ob als Volksmusikant oder als Nachfolger. Also ist er letztlich sogar wieder ganz froh darüber, dass die Eiswürfel auf dem Ferdl schneller dahinschmelzen als die Polkappen unter den Pranken vom Eisbären, neben einem Cognactrinker möchte er nämlich nicht in der Familiengruft liegen, das ist ganz ausgeschlossen.

Als er sich den Ferdl noch einmal genau anschaut, fehlt ihm schon jedes Mitleid, aber zusammen mit dem Mitleid fehlt ihm auch jede vernünftige Idee, wer seinem kleinen Bruder aus welchen Gründen auch immer die Trompete in die Gurgel geschoben haben könnte. Und mit jedem weiteren gerauchten Joe entfernt er sich immer weiter von jeder Vernunft und taucht stattdessen immer weiter in seine Parallelwelten voller Paranoia ab. Also wird er halt zur Probe seine kleine Schwester ein bisserl ins Geschirr der Ermittlungen einspannen und sie testen, ob sie sich neben dem Schießen aus der Hüfte heraus vielleicht auch im Kombinieren aus dem Schädel heraus bewährt, „also Roswitha! Wer war es, warum, wieso, weshalb? Was fällt dir zu dem ganzen Blödsinn ein?"

„Fangen wir so an“, fängt die Roswitha an: „Siehst du den Cognacschwenker am Tisch?“

„Gut, dass du mich das fragst!“, sagt der Biermösel ganz in der Art der Politiker, das gibt ihm jetzt nämlich die Möglichkeit, an die Roswitha das Wissen weiterzugeben, das er vom durch und durch unsympathischen Ausbildner in der Gendarmerieschule oben in Linz im Fach „Spirituosen – erkennen, vernichten, deponieren“ erworben hat:

„Insbesondere der Franzose mit seinem Niveau und seinem Quatrevintdisneuf“, hat der Ausbildner erzählt, „glaubt ja in seiner bodenlosen Selbstüberschätzung, dass er auf Französisch bis hundert zählen kann, aber was kann der Cognac in seinem Schwenker, was unser Starkbier in seinem Krug nicht besser könnte? Und was enthält sein Absinth, was nicht in unserem Wacholderschnaps auch drinnen wäre? Also hinweg mit allen Franzosen, ein langes Leben sei den Coganctrinkern nicht beschieden!“

So viel also vom Biermösel zum Cognacschwenker am Tisch, aber der interessiert die Roswitha natürlich nur am Rande.

„Interessant ist der Bierkrug neben dem Schwenker, du Depp, nicht der Cognacschwenker neben dem Bierkrug“, belehrt sie ihn ruhig. Dann zündet sie sich eine Menthol-Zigarette an, die sie immer dann raucht, wenn ihr der Gestank in der Wirtsstube zu viel wird, und setzt sich neben den stinkenden Ferdl auf die Chaiselongue. Sie schlägt dynamisch die Schweinshaxen übereinander, sodass das Blut aus ihren brüchigen Venen herausspritzt, und dann legt sie los:

„Es war so: Biersäufer trifft auf Cognactrinker, rustikaler Einheimischer auf feingeistigen Fremden. Herrgottswinkellosigkeit und Absenz sämtlicher Insignien des Einheimischen stoßen Biersäufer sauer auf. Biersäufer hat zudem noch die Ansprache vom Chef vom Ganzen zur Lage der Nation im Ohr: Wer nicht für uns ist, ist gegen uns, ein langes Leben sei ihm nicht beschieden. Also was tut er? Er schiebt dem Abweichler seine Trompete in die Gurgel hinein, weil das Klavier, Krone des Abweichlertums, dafür zu groß war. Conclusio: Es war ein politischer Mord, wie er im Buche steht."

„Da wette ich tausend weiße Rosen, dass das kein politischer Mord war! Und überhaupt: Was soll denn das bitte sein, ein politischer Mord?"

Kaum hat es ihm die Roswitha erklärt und noch dreimal „politischer Mord" gesagt, läutet auch schon das elfenbeinfarbene Telefon am Nachtkästchen vom Weiß Ferdl, und der Biermösel weiß sofort, wer das wieder sein wird:

„Biermösel, da ist dein Innenminister persönlich, und jetzt pass einmal auf: Nur damit wir das wieder einmal von vorne bis hinten durchgehen, was ein politischer Mord in einem Unrechtsregime ist, und nur damit du ein paar Anhaltspunkte mehr hast, wer dafür infrage kommt: Sozialsten, Homosexuelle, Psychologen und Umweltschützer aus dem linken Lager, dazu Haschtrafikanten. Oder glaubst du vielleicht, ein anderer wäre imstande, unseren einheimischen Weiß Ferdl zu ermorden!"

Na bumsti, denkt sich der Biermösel, woher weiß denn der schon wieder, dass der Ferdl ermordet worden ist, und woher kann er wissen, dass er jetzt beim Ferdl ist? So was kennt er doch sonst nur aus den Jason-Castelli-Hefterln, wo das Drecksregime mit seinen Kameras und Abhörmikrofonen den ganzen Unrechtsstaat im Griff hat, wird doch nicht die saftige Heimat auch schon so weit sein?

„Du hast ja überhaupt keine Ahnung, wie weit wir schon sind, du Zwutschkerl!", kann der Innenminister sogar aus der Ferne die Gedanken vom Biermösel lesen und seine Fragen beantworten, so weit ist er schon. Aber dann lenkt er seine Aufmerksamkeit wieder auf den politischen Mord: „Und vergiss mir die Kommunisten nicht! Du meine Güte, schön langsam krieg ich wirklich einen Heißhunger auf die Kommunisten, die unsere Müllarbeiter jetzt schon flächendeckend zum Streik anhalten. Außerdem sind die gefüllten Paprika von meiner Mutti bei der Hitze ja wirklich nicht das Richtige! Und jetzt bring uns den Kopf vom Mörder vom Weiß Ferdl, aber flott, nächste Woche sind Wahlen, da können wir den politischen Mord für uns instrumentalisieren, sag einmal, Biermösel, hast du überhaupt schon einen Luftballon von uns gekriegt mit dem ganzen Wahlprogramm drauf, oder sollen wir dir lieber ein Feuerzeug schicken mit dem ganzen Wahlprogramm drauf, also Luftballon oder Feuerzeug? Und nimm endlich den Daumen aus dem Mund!"

Na bumsti, denkt sich der Biermösel, und es beschleicht ihn die unbestimmte Angst, dass die ihn während der letzten 35 Jahre im Dienst sogar beim Scheißen gefilmt haben und genau wissen, wie viele Haare ihm am Arsch wachsen. Und dass nicht der Jason Castelli in einer Bananenrepublik mit einem Schurkensystem ermittelt, sondern er selbst.

„Hilfe!"

„Roswitha, gehst du jetzt bitte in sein Schlafzimmer hinein und holst die Überbringer-Sparbücher, unsere Verwandtschaft muss ja eher zu viel Geld verdient haben als zu wenig mit seinem dauernden ‚Schö Tem'!"

Während die Roswitha dann alles zusammensucht, was unter den zurückgebliebenen Familienmitgliedern nach dem tragischen Ableben vom kleinen Bruder aufgeteilt werden muss („Vergiss das Bargeld nicht!"), legt sich der Biermösel noch für ein paar Minuten mit seinem Freund Joe in die Hängematte auf den Balkon hinaus, und was er dann dort unten im Tal sehen kann, das ist wirklich herrlich, einmalig, gigantisch ist das – alles brennt und glüht, alles stirbt und vergeht, und alles sein Werk!

Vor lauter Freude schmiegt sich der Biermösel noch näher an den Joe heran, und bald sieht er durch seine rosaroten Brillen überhaupt die Welt sich verdunkeln. Alles blubbert auf einmal ganz ordentlich, und die fett gewordene Mutter Erde nimmt endgültig Abschied von der Welt, weil sie sich – untreue Seele auch sie! – nicht mehr um die ganzen dreckigen Schweinderl kümmern mag, die auf ihr herumrennen, sondern lieber ihre Ruhe hat.

Nachdem sich der Biermösel mit dem Joe noch ein paarmal auf der Hängematte hin und her gedreht hat, sieht er dann endlich den neuen Morgen hinter dem Gebirgskamm aufsteigen, und er spürt den frischen Tau, der sich schon auf ihn draufgelegt hat, dann sieht er das neue Leben, das er herbeigefurzt hat – da schau her, ein kleines, unschuldiges Reh – und peng!

So ist das also, denkt er sich enttäuscht. In der neuen Welt gibt es gar keine Schweinderl mehr, weder untreue noch untadelige, weder alte noch junge. Wenn er es sich aber genau überlegt, dann war ihm die alte Welt mit den ganzen dreckigen kleinen Schweinderln drauf lieber, was soll ich denn bitte jetzt mit der ganzen Grillkohle machen, fragt er sich besorgt, die ich am Anfang der Geschichte in liebevoller Kleinarbeit selbst angerichtet und hinter dem Auerhahn gestapelt habe, damit ich darauf am Ende der Geschichte meine Wildsau grillen kann, „Roswitha, hast du vielleicht eine Idee?"

„Ich such' die goldenen Uhren!"

Warum aber tut sich der Mensch die ganze depperte Arbeit mit der selbstgemachten Grillkohle zum Beispiel überhaupt an, wenn er sich dann erst recht wieder selbst die Freude daran nimmt, sinniert der Biermösel bei einem weiteren gemütlichen Joe über die ganze depperte Menschheit, nur um sich gleich auch selbst die bittere Antwort darauf zu geben:

So ist sie halt, die depperte Menschheit!

Ein bisserl fehleranfällig und deppert ist sie, mit überraschenden Ausschlägen nach oben hin (siehe: Mondfahrt) und ebenso überraschenden Ausschlägen nach unten hin (siehe: er selbst).

Aber wenn er es schon nicht auf den Mond geschafft hat, wo ihm die Leute hätten zujubeln können, dann könnten sie sich jetzt wenigstens ein bisserl mehr in die Hosen scheißen vor ihm, dem großen Zerstörer und Weltvernichter. Warum sonst, kann er nicht aufhören, sich wie die Weiber nach dem Warum zu fragen, warum sonst hat er sich die ganze Furzerei und Weltvernichtung angetan? Warum ist er überhaupt in die schwarze Strumpfhose hineingesprungen und hat die furchtbaren Anschläge als Herzloser Herzbube verübt, wenn dann sowieso wieder nichts über ihn in der Zeitung steht und keiner eine Treibjagd auf ihn veranstalten mag, so wie das dem Jason Castelli zum Ende seiner Geschichten hin immer verlässlich passiert, ohne Treibjagd und Militäraktion gegen ihn, ohne Hubschraubervorfolgungsjagden und Folterei durch das Schurkenregime geht bei Jason vorm Happy End überhaupt nichts, da hat es der Jason wirklich besser als er.

„Kommst du jetzt endlich und bringst mich heim?“, schreit die Roswitha dann ungeduldig nach ihm wie der Jäger nach dem Hund. Mit der ganzen unnötigen Hektik, die ein weiteres Problem von den Weibern ist, reißt sie ihn wieder aus seinen Parallelwelten heraus und katapultiert ihn zurück in die alte Welt, wie sie wirklich ist. Mit ihren angefüllten Säcken steht sie unten bei seinem Moped, sogar die Trompete hat sie noch aus seinem Bruder herausgeholt.

Der Biermösel ist dann in eine gewisse besorgte Melancholie hineingefallen, als er mit dem fetten Knödel von einer Schwester hinten am Sozius samt den prallgefüllten Säcken in den Satteltaschen die Serpentinen hinunterfährt. Wie eine sehr reiche Frau hat seine Schwester hinten auf dem Moped Platz genommen, aber wird sie ihn auch zu einem sehr reichen Bruder machen wollen?

Das Gewicht seiner kompletten Bedeutungslosigkeit – verglichen mit seinem kleinen Bruder! – lastet obendrein schwer auf ihm, sodass die Fahrt zurück dann fast noch langsamer dahingeht als die Fahrt hinauf. Das ist ein bisserl ärgerlich, wo er doch mit dem Joe als Beifahrer auf eine zünftige Abfahrt eingestellt war wie damals die Annemarie Pröll in Lake Placid, Innenschi, Außenschi, Hocke, Sprung – ein bisschen Spaß muss sein, dann ist die Welt voll Sonnenschein …

Stattdessen muss er mit der angezogenen Bremse in der Hand und im Hirn fahren, weil bei diesen Verhältnissen jedes Kilo zusätzliche Nutzlast in den schwierig zu fahrenden Serpentinen sofort die Familienzusammenführung mit dem Ferdl drüben im Schattenreich bedeuten könnte. Ausschließlich mit der reinen Kurvenakrobatik kann der Biermösel die weichen Reifen dann überhaupt noch auf dem weichen Asphalt halten, während der Joe ihn die ganze Zeit drängt, dass er doch endlich ein bisserl Gas geben soll, damit sie aus der Kurve fliegen und sich wenigstens ein paarmal überschlagen, wenn sich schon sonst nichts tut in seinem Leben – „Und Action!“ Die

Roswitha aber hält dagegen und will mit dem ganzen neu gewonnenen Reichtum nur sicher und wohlbehalten unten im Tal ankommen und drängt ihn, doch bitte ein bisserl vorsichtiger zu fahren, „pass auf!"

Also was tun, welchem Einflüsterer soll er folgen? Action? Bremsen? Action! Bremsen!

So geht das die halbe Strecke dahin, bis er dann doch endlich die Freude am Fahrgefühl über den Schutz vom neu gewonnen Reichtum stellt. Er platziert einfach den hinterhältigen Ellenbogencheck gegen die Fettleber von der Roswitha, sodass sie nach hinten kippt („Action!") und sich ein paarmal ganz furchtbar überschlägt („Pass auf!"). Wenn er es sich nämlich genau überlegt, hat sie das Bargeld sowieso in seine Satteltaschen gesteckt, und sie wird mit dem ganzen anderen Zeug ihr Auslangen finden. Außerdem wäre er am liebsten sowieso als Einzelkind aufgewachsen, denkt er sich jetzt, weder ein kleiner Bruder noch eine kleine Schwester können ihn so recht überzeugen, einzig auf den Joe als treuen Freund hält er neuerdings große Stücke, freilich nur auf den, der nicht die Quetschenharmonika spielt.

Wieder ganz alleine auf seiner Fips, so wie er es seit Jahren und Jahrzehnten gewohnt ist, bei Wind und Regen, bei Hagel und Schnee, geht es dann auch bei der sengenden Hitze wieder ganz flott dahin. Der Joe als Einflüsterer lässt ihn die Fips in den letzten Serpentinen wieder weit über die erlaubte Höchstgeschwindigkeit hinausbeschleunigen und sich mit Karacho in die Wälder hineinkatapultieren – Holladödilliö!" –, wo der Biermösel dann endlich doch noch die verdiente Aufmerksamkeit und Anerkennung für sein zerstörerisches Werk erntet und durch die Stahlgewitter rasen darf, nach denen er sich so gesehnt hat, seit er „Jason Castelli in den Stahlgewittern Südkongoliens" gelesen hat.

Je weiter und schneller der Joe den Biermösel dann nämlich durch die Straße der Sieger treibt, desto lauter vernimmt er dort das Propagandageschrei der depperten Bundesregierung, die jetzt nicht mehr nur die Visage vom Chef vom Ganzen plakatiert, sondern auch – Überraschung! – Fotos von ihm respektive von seinem einmalig weißen Arsch samt den falschen Versprechungen auf ein kühles Fass Freibier, das der Chef vom Ganzen persönlich demjenigen vorbeibringen wird, der ihm den Kopf vom „skrupellosen Bierdieb" bringt, den abgeschnittenen oder noch montierten Schädel vom Herzlosen Herzbuben – DEAD OR ALIVE!

Hast du keinen äußeren Feind, dann nimm dir einen von innen! So viel Jason Castelli hat der Biermösel längst gelesen, damit er versteht, wie das bei den Drecksregimen in den Bananenrepubliken funktioniert. Schon sieht er voll Freude den Belagerungsring, den sie um ihn herum aufbauen werden, und er hört die schweren Geschütze gegen sich auffahren und die Kugeln um seine Ohren pfeifen, die sie von den Anhöhen herunter aus ihren Bleispritzen gegen ihn abfeuern werden – was kann sich ein Mensch Schöneres wünschen, der nicht gerade in Las Vegas aufgewachsen ist?

Vor Aufregung hüpft der Biermösel furzend auf seiner Fips auf und ab und treibt es mit seiner Erderwärmung immer noch bunter. Aber gerade in dieser einmaligen Stunde, wo die ganze Welt auf ihn schielt, ist er ganz alleine. Keine Mutti nirgends, die ihn vor Freude zwischen ihre Milchsäcke nimmt und fest an sich drückt, keine Schwester, die ihm zur Feier des Tages alles zum Arsch trägt, noch nicht einmal sein alter Freund Grasmuck, der mit ihm ein paar Runden auf dem Moped drehen und dabei ein paar Übermütige fahren lassen könnte so wie früher. Gibt es denn überhaupt niemanden, mit dem er die Freude über sein gelungenes Vernichtungswerk teilen könnte, keinen, der ihn anschauen und zustimmend mit dem Kopf nicken würde als Zeichen seiner Anerkennung. Nur dieser eine, der ihm verzweifelt aus dem glühenden Asphalt heraus zuwinkt und zujubelt, mit seiner Sexmaske aus Gummi auf dem Schädel, die sich bald mit dem Asphalt vermischt, so heiß ist es.

„Sag einmal, Bürgermeister, wie viele schwarze Sexmasken hast denn du eigentlich?"

„Viele!"

„Und was machst du da mit deiner Sexmaske am Schädel?"

„Ich hab die Gemeindekasse ordnungsgemäß abgerechnet, das, was mir monatlich übrig bleibt, noch dazugelegt, und den Überschuss an die armen Kinder verteilt, aber auf dem Rückweg von meinen guten Taten bin ich hier zum Liegen gekommen, ich schwöre!"

„Und was machst du wirklich? Gestehe!"

Dann erzählt er, dass er beim Ferdl oben am Gebirgskamm war, bei dem er ja Gesangsstunden nimmt wegen der erhofften Katapultierung in den Humtata-Olymp.

„Aber dann muss ich sehen, dass der gar keiner von uns ist, sondern fast ein Franzose, dass er Cognac trinkt und kein Bier, dass er in Wirklichkeit Ferdinand Blanc heißt und nicht Ferdl, das hab ich als Bürgermeister der saftigen Heimat nicht verkraftet, da hab ich ihn gemeuchelt, wer nicht für uns ist, ist gegen uns."

Na prack, denkt sich der Biermösel, das wäre ja dann genau so, wie es die Roswitha ihm erklärt hat, ein astreiner politischer Mord, und wenn er es ehrlich gemeint hätte mit seiner Wette, dann müsste er ihr jetzt tausend weiße Rosen bringen, und wer weiß, wie es weitergeht, wenn er ihr erst einmal tausend weiße Rosen aufgetischt hat? Aus dieser Sackgasse des Lebens muss er sich dringend befreien, also:

„Und warum hast du ihn wirklich umgebracht?"

„Es war so, und ich bin froh, dass ich es endlich jemandem erzählen kann: Kaum fange ich an ‚Heia Popeia, was raschelt im Stroh' zu singen, sagt er schon, dass ich singe wie …

„Na wie?"

„… wie du, wenn dir ein kleiner Pavarotti in die Hose geht. Da hab ich ihn gemeuchelt."

Das hört sich schon besser an, denkt sich der Biermösel zufrieden, da kommen wir einer Art von Wahrheit schon näher. Seiner Schwester ist jedenfalls ganz schön die Fantasie durchgegangen, als sie „politischer Mord" gesagt hat, zu viel „Gentlemanermittler Rock Rockenschaub löst auf alle Fälle alle Fälle" gelesen, aber Herrgottnocheinmal, ein Ermittler liest nicht, ein Ermittler ermittelt!

So viel dazu.

Der Bürgermeister jammert dann noch ein bisserl, weil er bald vom Asphalt veschlungen und von der langen playlist im Bierzelt des Lebens gestrichen wird. Wenn es sich der Biermösel nämlich recht überlegt, dann hat er seinen kleinen Bruder doch sehr gerne gehabt, zumindest so gerne, dass er ihn nicht ungesühnt von einem dahergelaufenen Bürgermeister umbringen lassen will.

„Brudermörder!"

Und damit die Roswitha dereinst, wenn die Zeitungen darüber schreiben werden, endlich kapiert, was ein politischer Mord ist (ein Mord an einem Politiker nämlich!), fährt ihm der Biermösel mit der Fips noch ein paarmal über den Schädel drüber, sodass sich seine Sexmaske endgültig mit dem flüssigen Asphalt vermischt und damit auf ewig darin hängen bleibt, was ein furchtbarer und langwieriger Tod wäre. Also erlöst er ihn mit der einmaligen Mischung, die schon den Ramzi gefällt hat, und hoppala, plus 48,0 ° im Schatten.

Abschied

Nur der bis auf den allernotwendigsten Körperrest zusammengeschnittene Alte drüben im Siechenheim in Goisern fällt ihm dann noch ein, der mit ihm seine Erderwärmung feiern könnte und der obendrein sogar weiß, wie sich so ein Belagerungszustand anfühlt, seit er vier Jahre lang am Betriebsausflug von der depperten Drecksau Hitler nach Stalingrad hinüber teilgenommen hat, während dem sie auch fast die Welt vernichtet hätten und ihm die Geschoße um die Ohrwascherl gedonnert sind wie dem Biermösel jetzt das Propagandageheul der depperten Bundesregierung, immer wieder und immer lauter hört er sie durch die tausendfach angebrachten Lautsprecher im Wald „Bringt uns den Kopf vom Herzlosen Herzbuben!" schreien.

Der Alte hat ja nie wirklich verwunden, dass ihm die Alte mit einem Franzosen davongerannt ist, darum wird er ihm, wenn er ihn gleich besuchen wird, auch lieber nicht erzählen, was er über sie und den Weiß Ferdl in Erfahrung gebracht hat. Aber fast noch weniger hat er natürlich verwunden, dass ihn sein Rotzbub damals in ein katholisches Siechenheim gesteckt hat, weil im Siechenheim für verdiente Gendarmeriepostenkommandanten gerade kein Platz mehr frei war. Bis oben hin angefüllt war die Bude schon mit frühzeitig durchgedrehten Alkoholikern, Depressiven und Selbstmordgefährdeten aus der Gendarmenbranche, sodass für den alten Kommunisten und Fliegenfischer leider nur noch bei den Katholischen drüben in Goisern ein Bett frei war, wo sie ihm dann nach und nach den ganzen Kommunistenkörper weggeschnitten haben auf der Suche nach der freigelegten katholischen Seele, heilige Maria, Mutter Gottes, irgendwo muss doch auch bei einem Biermösel die Seele drinnen sein, werden sie sich gedacht haben, aber bei einem Biermösel ist da nichts, nur die nachtschwarze Galle neben der komplett zerfressenen Leber!

Seit seinem letzten Besuch drüben im Siechenheim hat der Biermösel ja ein behördlich verbrieftes Hausverbot ausgefasst, weil er während der letztjährigen Fastenzeit aus den Betschwestern einen Haufen besoffen herumrennender Henderl gemacht hat, als er ihnen nach den vielen Wochen braven Fastens ausgerechnet ein paar Tage vorm Ostersonntag und also ganz knapp vor dem Ziel den Osterbock angeboten hat, und heilige Maria, alle haben sie dankend angenommen!

Heute aber gibt es keine Verbote mehr, die ihn in die Schranken weisen könnten, weil es kein Haus mehr gibt, wie der Biermösel feststellen muss, als er im dichten, beißenden Rauch zwischen den ehemals schattenspendenden, jetzt allesamt verkohlten Bäumen herumkurvt, wo früher ein Siechenheimkomplex gestanden ist, findet er jetzt nur noch eine verlassene Westernstadt vor, in der die Skorpione und Klapperschlangen vorübergehend das Kommando übernommen haben, und jetzt übernimmt wieder er:

„Alles antreten zum Appell!"

Die ehemals herrschenden Nonnen aber liegen allesamt fein herausgeputzt für den vermeintlichen Höhepunkt in ihrem Leben brav aufgereiht und kniend wie der Bierfahrer Ramzi vor den Toren herum und warten auf den großen Abgang hinüber ins Schattenreich, Herrgottnocheinmal, dass immer alle glauben, sie entgehen der großen Axt, wenn sie nur auf die Knie fallen, der Biermösel versteht das nicht. Nachdem er ihnen aber beim Übertritt mit einem kleinen abgestellten Furzi und ein paar daraus folgenden Erstickungsanfällen ein bisserl nachgeholfen hat, wird von denen wenigstens keine mehr auf die Idee kommen, dass er der große Pott ist, mit dem man ein Fass Freibier gewinnen könnte, sobald man ihn an die depperte Bundesregierung verraten hat, „also gehet hin in Frieden!", und hoppala, plus 48,1 ° im Schatten.

„Hast du ein Bier für mich?", hört er auf einmal einen Siechen aus einer schattenspendenden Mauerspalte heraus fragen, wo er es sich neben den Eidechsen und Skorpionen leidlich gemütlich eingerichtet hat, während von irgendwoher die Flüchtlingsfamilie Bolivár mit ihrem immer dynamischer werdenden Gesang zu hören ist. Als der Sieche merkt, dass der Biermösel ein Guter ist und ganz ordentlich nach Bier stinkt, traut er sich aus seinem Verschlag heraus und kommt langsam auf ihn herzugekrochen, dann streckt er langsam die Zunge heraus wie der Betbruder, wenn es ihn nach der Oblatte verlangt, und sagt: „Bitte."

„Bier hab ich leider keines", muss ihn der Biermösel zunächst enttäuschen, „aber ich bin eines."

So ungefähr muss sich der Herr Jesus Christus gefühlt haben, als ihm ein rätselhaftes „Ich bin, der ich bin" herausgerutscht ist und ihm dann alle nachgerannt sind. Und weil der Biermösel schon dabei ist, sich wie der Erlöser zu fühlen, beugt er sich auch gleich zu dem Siechen hinunter und lässt ihn von seiner Schaumkrone kosten, gütig und großzügig.

Seine Güte und Großzügigkeit lockt dann nach und nach alle Vergessenen und Weggesperrten aus ihren Löchern heraus, die schon lange keine Sonne mehr gesehen und noch länger kein Bier mehr gesoffen haben, der verführerische Geruch seiner Ausdünstungen lässt sie alle Angst überwinden und bündelt die letzten Reste an Lebenskraft in ihren müden Knochen, sie sammeln sich um ihn herum wie die Elenden um den Erlöser. Und als der Biermösel sich dann sogar demütig niederkniet, damit sie mit ihren gierigen Zungen besser an die nie versiegende Schaumkrone auf seinem Dickschädel herankommen, mischt sich unter das Nass seiner Bierströme das Nass ihrer Tränen, und den Biermösel täte es gar nicht mehr wundern, wenn jetzt auch noch die Engerl zum Singen anfangen, wie sie das im Jesus-Film immer tun, weil sie ihn auf einmal „Meister!" nennen und ihn mit dem Jesus Christus verwechseln, welcher ein wirklicher Erlöser war, während der Biermösel doch der Zerstörer selbst ist.

Aber am Ende vom Leben sind die Leute jedem dankbar, der ihnen ein Bier auftischt, da ist es ihnen ganz wurscht, ob einer Jesus heißt oder Biermösel, ob er ein Erlöser ist oder ein Zerstörer, Hauptsache gut eingeschenkt, „prost, meine Herren!"

Je weiter der Biermösel dann auf der Suche nach dem Alten in die Hölle vordringt, vorbei an den gestapelten Müllsäcken und dem herumliegenden anderen Dreck, desto klarer erkennt er, dass das ganze Elend der Siechen gar nicht in seinem Darm gewachsen ist, die meisten von ihnen sind jedenfalls schon vorher verhungert und gar nicht verdurstet. Die depperte Bundesregierung hat den Elenden schon den Geldhahn zugedreht, lange bevor er zum Erderwärmen überhaupt angefangen hat. Lieber als ein bisserl Futter für die Siechen der Heimat haben sie Rotwein und Jazzplatten für sich gekauft und Luftballons und Feuerzeuge für das Trottelvolk, das sich von dem ganzen Glumpert auch noch blenden lässt.

Der Biermösel sieht dann beim Schwesternheim eine besonders Verwirrte mit ihren einstmals gewaltigen Ammenbrüsten herumstehen, die heute zu trockenen Säcken verschrumpelt sind, er erkennt ihren ehedem siebzehnjährigen Rassepferdkörper nicht wieder, der zu dem einer neunzigjährigen Bergbäuerin gealtert ist. Die abgelöste Lederhaut und das rotglühende Gesicht lassen den Biermösel sofort erkennen, dass es sich bei der Verzweifelten um keine gebürtige und an die Hitze gewohnte Südländerin handelt, sondern um die blonde Russin Ivana, die der Puffkaiser Schlevsky im letzten Herbst importiert hat und für die sich das Abenteuer „Westen" scheinbar gar nicht ausgezahlt hat. Dringender denn je sucht sie den Weg zurück nach Hause, wo sie bei ihrer Mutti auf den stählernen Atom-U-Booten der Nordmeerflotte aufgewachsen ist, in denen es schön kühl und frisch ist und wo sich ihre ehemals einmalig weiße Alabasterhaut vielleicht wieder ein bisserl von den schweren Verbrennungen erholen könnte, die ihr die Sonne hier in der

Wüste Aussees zugefügt hat, wenn sie nur endlich den Weg nach Hause findet. Aus ihren hervorstechenden Augen liest der Biermösel nichts als nackte Verzweiflung, und zwischen ihren fransigen Lippen heraushört er immer wieder nur das gleiche Wimmern: „Nowaja Semlja?“

„Immer entgegen der ganzen Umleitungsschilder!“, hat der Biermösel schließlich Mitleid mit ihr und lotst sie aus der Falle hinaus, in die er mit seinen sorgsam aufgestellten Umleitungsschildern alle anderen hereingelockt hat, und schon ist sie weg.

Als der Biermösel dann ganz hinten im weitläufigen Gelände ankommt, erkennt er den Siechenheimgärtner Georgij aus Berg-Karabach, der verhungert über dem Lenkrad von seinem Traktormäher zusammengesackt ist. Was einstmals ein Koloss von einem Mann war, ist heute nur noch ein Hautsack voll mit Knochen. Aber zum Mähen gibt es sowieso nichts mehr, weil der ganze einstmals saftige Rasen natürlich längst verbrannt ist und der Biermösel mit seinen Eisenfüßen auf einer leeren und toten Mondlandschaft wandert, auf der es – nach allem, was er jetzt sehen kann – kein Leben mehr gibt, nicht einmal ein Skorpion rennt ihm noch über die Füße.

Oder rührt sich da hinten doch noch was?

Im verbrannten Gras sieht er dann endlich den Alten neben seinem Rollstuhl herumliegen wie den besoffenen Deutschen im Sand von Jesolo neben seinem Handtuch, auf die Hälfte seiner einstmaligen Größe haben sie ihn zusammengeschnitten. Hätte der Alte noch zwei Haxen, täte er jetzt darauf herumspringen, und hätte er noch zwei Arme, dann täte er darauf Räder schlagen, so eine Freude hat er auf einmal am Leben. Nach all den Frostbeulen, die er sich in Stalingrad drüben geholt hat, und nach dem Paar kalter Füße, das er sich bei seiner Alten geholt hat; nach den ganzen kalten Fischen, die er in der Folge gefangen hat, und den vielen eiskalten Engeln, mit denen er sich als Landgendarm herumschlagen hat müssen, tut ihm die Hitze am Ende seiner Tage jetzt sichtlich und hörbar gut. Er schnurrt wie eine zufriedene kleine Katze und gluckst wie ein besoffenes Kind, als er wie ein Kugelblitz zum Biermösel hergerollt kommt und es sich bei seinen Füßen gemütlich macht.

Da ist der Biermösel zutiefst gerührt, dass er doch noch was zustande gebracht hat, womit er seinem Alten eine Freude bereitet, denn wenn er ihm auch – nach allem, was man heute weiß! – keinen Nachfolger gezeugt hat, mit dem er eine noch größere Freude gehabt hätte, so braucht er sich jetzt nicht mehr hinter den Leistungen vom Weiß Ferdl zu verstecken. In bleibender Erinnerung wird dem alten Biermösel und den Klapperschlangen und Skorpionen am Ende nämlich die von ihm befeuerte Hitze bleiben, und nicht der Weiß Ferdl mit seinem „Schö Tem", das Donnern und Grollen aus seinen Därmen wird länger nachhallen als die Harmonien und Melodien aus der Feder von seinem kleinen Bruder selig.

„Siehst du", sagt der Biermösel zum Alten, der jetzt wie ein kleines Kind in seinen Armen liegt, nachdem der Biermösel ihn aufgehoben hat. „Siehst du die ganzen brennenden Wälder, die verbrannten und aufgeblähten Katholiken, die Pharisäer und den Dreck und die Nonnen, die euch wie Dreck behandelt haben, siehst du sie? Alles mein Werk, das Werk von deinem … Rotzbuben!"

Aber dann merkt der Biermösel, dass der Alte ja gar keine Augen mehr hat, um zu sehen, was er geleistet hat, und er darf noch erleben, wie der Alte ein letztes Mal zufrieden ausatmet und sich mit dem letzten Seufzer sein zerschnittener Körper so vollkommen entspannt, dass ihm hinten einer auskommt, wie ihn nur die großen Meister im Repertoire haben, und hoppala, plus 48,3° im Schatten, heilige Maria, näher waren sich Vater und Sohn noch nie. Froh, während seiner letzten Tage noch die Hitze des Sommers erlebt zu haben, ist dem zerschnittenen Körper nach ein Fliegenfischer gestorben, im Herzen aber war er ein hitzegestählter Sambatänzer.

Der Biermösel weiß dann aber natürlich genau, dass der Alte in dieser ehedem saftigen heimischen Erde, die heute trocken ist wie ein alter Schwamm, nicht begraben werden möchte, nicht in dieser bis oben hin mit verfaulten Katholikenknochen verseuchten Erde. Lieber soll seine Kommunistenseele hoch hinausfliegen und sich herumtreiben bis ans Weltenende, welches freilich nicht mehr lange auf sich warten lassen wird, das ist er ihm schuldig. Also packt er ihn in seine Satteltasche und macht sich mit ihm auf den Weg hinüber zur Grillkohle hinterm Auerhahn, diesen Gefallen will er ihm gerne tun.

Folter

Wie verhält sich Superagent Jason Castelli im Dschungel von Kongolien, wenn er wieder einmal vom Dschungelhäuptling persönlich mitsamt seinen Totschlägern im Käfig verschleppt, in einer abgelegenen Region gefoltert und anschließend im Suppentopf gekocht wird, tage- und wochenlang?

Er verlangt nach einer Handvoll Maggikraut und einer Prise Meersalz extra in der Suppe, wo er an Händen und Füßen gefesselt herumschwimmt. Und dann denkt er an irgendwelche Weiber in ihren futzikleinen Lendenschurzen um den Arsch herum, die er in irgendeinem Dschungelbaumhaus auf einem Tigerfell packen wird, sobald sie erst mit einem Messer zwischen den Zähnen von einer Liane heruntergehüpft sind und ihn befreit haben – was am Ende verlässlich passiert!

Bis dahin bleibt der Jason immer ruhig Blut, selbst wenn ihm die kochende Brühe schon bis zu den Ohrwascherln herauf blubbert, also was lernt der Biermösel vom Superagenten und seinen Abenteuern im Dschungel von Kongolien?

Nichts, was er nicht selbst auch schon wüsste!

Dem Biermösel ist dann also doch noch eingefallen, was er mit seiner Grillkohle machen kann: Er hat hinter dem Auerhahn den Griller angeworfen und den Alten darauf verbrannt, und seine kommunistische Asche ist dann, begleitet von seinen besten Wünschen und dem innigen Dank, dass er ihn in diese depperte Welt hineingeworfen hat, hinaufgeflogen zu den Geiern und zu dem Hubschrauber, der dem Biermösel von irgendwoher bekannt vorgekommen ist.

Schon während er mit dem Alten in der Satteltasche vom Siechenheim in Goisern drüben zurück in Richtung Aussee gefahren ist, hinweg über versteppte Landschaften und versandete Straßen, ist ihm das Luftmoped auf die Nerven gegangen und das dauernde „Biermösel, du Stinksack, komm endlich mit erhobenen Händen aus deiner Schwitzhütte heraus, wir haben ein paar Fragen an dich! Es gibt für dich kein Entkommen mehr, du sitzt in der Falle!", das ihm der Innenminister durch sein Megafon zugerufen hat (was ihm auch irgendwie bekannt vorgekommen ist).

In der starken Rauchentwicklung, die dann während der Feuerbestattung einerseits von den vielen Joes, die er dabei geraucht hat, und andererseits vom gut angefüllten Alten und der selbstgemachten und immer noch feuchten Holzkohle ausgegangen ist, hat der Biermösel den Angreifer dann zwar kurzzeitig aus den Augen verloren. Aber nachdem sich die Rauschschwaden wieder verzogen haben und sich sein Hustenreiz gelegt hat, hat er mit seinen eigenen Adleraugen mit ansehen dürfen, wie die Asche vom Alten dort oben im Hubschrauber in das Schandmaul vom Innenminister hineingeflogen ist, eine größere letzte Freude hätte ihm der Alte nicht machen können, so hat der alte Kommunistenfresser kurz vor seinem Ende doch noch einen Kommunisten zu fressen gekriegt – schmeck's!

Nachdem er noch ein paar schwerverdauliche Kommunistenbrocken herausgekotzt hat, hat er seine Verhörspezialisten von der Sondereinheit „Freibier" angewiesen, den Verdächtigen da unten auf seiner hakenschlagenden Flucht wie einen Verbrecher zu jagen, unterstützt von ein paar gut trainierten Bodentruppen, allesamt schwarz gekleidet und im Gesicht schwarz angemalt und angeführt vom Karate Kid, der ihm auch von irgendwoher bekannt vorgekommen ist, hinweg über verkohlte Baumstümpfe, durch meterdicke Asche, über Dutzende Verwesende und viele Hektar verbrannter Erde. Der Biermösel ist gerannt wie ein Gepard und gesprungen wie eine Antilope, aber als der Innenminister persönlich das große Netz über ihm abgeworfen hat, war seine Flucht vorläufig zu Ende. Die noble Art des Fliegenfischens, wie sie der Alte noch gepflegt hat, schaut natürlich anders aus, aber genau das war sein Plan.

Zwar hat das Hirn vom Biermösel instinktiv noch Befehl erteilt, dass die rechte Schusshand zur Glock greifen und aus der Hüfte heraus alles niederballern soll, was sich um ihn herumbewegt. Aber das Blut in seinen Venen war Gott sei Dank schon zu dick, als dass er es noch geschafft hätte, alle über den Haufen zu schießen und dem Spuk ein vorzeitiges Ende zu bereiten, noch fehlt ja der Chef vom Ganzen, also wird er das dramatische Ende erst später folgen lassen.

Der Karate Kid hat ihn dann aus dem Netz gewickelt wie der Fischer den Hering und mit einem Schulterwurf auf die Matte gelegt, die sich aber leider als steinharter Fels entpuppt hat – „Aua!“ Dann hat er ihm zum Aufwärmen seine beiden Daumen in die Augen gedrückt und anschließend mit den flachen Händen gegen seine Ohren geschlagen, bevor er ihn noch hergeklopft hat wie ein Schnitzel und dann noch wie einen alten Teppich – so also geht der Staat mit einem treuen Diener um, der einmal im Leben grillen möchte, das nur als Warnung an alle, die heuer noch grillen wollen!

Als filetierten Dosenfisch haben sie ihn dann hinaufgezogen in den Hubschrauber, was er innerlich zwar kategorisch abgelehnt hat, aber äußerlich war er dazu natürlich nicht mehr in der Lage. Aber nach einem kurzen Rundflug hat ihn der Kid über einer Waldlichtung – die heute nur noch ein nackter Fels ist, umgeben von nichts anderem als nackten, spitzen und heißen Steinen sowie Skorpionen und Klapperschlangen auf nackten, spitzen und heißen Steinen – schon wieder bei der Hubschraubertür aufgestellt, freilich ohne dass er dabei die sonst üblichen Sicherheitsvorschriften (Helm aufsetzen! Fallschirm umhängen! Rosenkranz beten!) beachtet hätte, und dann war der Innenminister dran:

„Siehst du den nackten, spitzen und heißen Stein da unten? An dem werden wir dich zerschmettern, wenn du uns nicht sofort sagst, wo das ganze Freibier ist!“

Daher also weht der Wind!, hat sich der Biermösel gedacht, aber die haben seine Möglichkeiten natürlich noch immer falsch eingeschätzt:

„An eurer Stelle täte ich jetzt lieber schauen, dass ich nicht sterbe!“, hat er gesagt, „schließlich weiß ein jeder Schulanfänger, was mit einem passiert, der gerade gestorben ist!“

„Und was passiert mit einem, der gerade gestorben ist?“, haben sie ihn alle mit großen Augen angestarrt. Aber die Zeit, dass er ihnen die Geschichte vom Eintritt des Todes, der augenblicklich erschlaffenden Schließmuskulatur und den dadurch austretenden Gasen hätte erzählen können, haben sie ihm natürlich nicht mehr gelassen. Ungeachtet seiner gesundheitlichen Bedenken haben sie ihn aus 220 Metern Höhe abgeworfen, wodurch sich die Gase in seinem Inneren schon gefährlich in Richtung Ausgang verschoben haben, aber noch waren es nur tektonische Verwerfungen, the big one hat er sich für später aufgehoben. Er war ja sehr sparsam in den letzten Tagen und hat keinen mehr hinausgelassen, seit seine Bumsis sich ehrfürchtig vor der Roswitha versteckt haben. Es hat sich also ganz schön was angesammelt in seinem Darm des Todes, du meine Güte, der Kreole in der Karibik muss sich nicht so vor dem nächsten Tropensturm fürchten, wie sich der Innenminister jetzt vor den heranbrausenden Winden des Biermösel fürchten müsste, an ihrer Stelle täte er jetzt nicht landen, aber die kapieren noch immer nichts.

Der Innenminister schenkt dem Donnern und Grollen in seinen Därmen nach wie vor keine Bedeutung, als er ihm nach der Landung einen Extratritt gegen den Schädel verpasst, und dann fragt er ihn:

„Sagst du uns dann endlich, wo du unser ganzes Freibier deponiert hast? Das Wahlvolk wird nämlich jubeln, wenn sein gesegneter Chef vom Ganzen die rettende Medizin verteilt. Übrigens: Deine Rechte lesen wir dir selbstverständlich nicht mehr vor, du hast nämlich keine, solange es bei euch so unfassbar heiß ist, sag einmal, weißt du vielleicht, warum es bei euch so unfassbar heiß ist?“

Der Biermösel weiß es natürlich, aber er sagt es nicht.

„Du hast keine Ahnung, welche Mittel wir haben, um dich zum Reden zu bringen", droht der Innenminister dann, und er schlägt nach im „Folterhandbuch für Schurkenstaaten, Band 1, Kapitel 92 – Foltern mit der Lupe":

„Wer hat denn bitte schon wieder die Lupe, mit der wir ihm Löcher in die Haut brennen können?"

Der Karate Kid hat sie. Und dann versuchen sie einer nach dem anderen, ihm Löcher in die Haut zu brennen. Aber seine Haut rötet sich bei jedem Versuch nur leicht, und dann dampft sie halt ein bisserl, du meine Güte, er ist doch von innen her so nass, und seine Haut ist so feucht, dass ihm so ein kleiner gebündelter Strahl wirklich nichts anhaben kann. Eher vergehen Sonne, Mond und Sterne, bevor er austrocknet, und es wird schon wieder Schnee fallen, bevor er ihnen verrät, wo er ihr Bier deponiert hat.

„Das soll heiß sein?", fragt er lässig wie der Jason Castelli in seiner Nudelsuppe, und wenn er die Hände frei hätte, dann täte er sich jetzt die dreckigen Fingernägel säubern, so entspannt ist der Biermösel, dass er wirklich aufpassen und den Arsch zusammenhalten muss, damit die Bestie in seinem Inneren nicht vorzeitig von der Leine geht.

Wenn diese Anfänger ihn mürbe machen wollen, dann müssen sie jedenfalls ein bisserl früher aufstehen und sich herrichten wie früher der Breschnjew mit seinen buschigen Augenbrauen, und dann müssen sie noch dreinschauen wie der russische Bär im Kalten Krieg, finster und böse. Der Biermösel liegt so fest und saftig in seinen stinkenden Schuhen, dass er keinen Feind zu fürchten braucht, schon gar nicht einen solchen Schmalspurfeind wie die depperte Bundesregierung mit ihrem einfallslosen Innenminister, der schon ein bisserl verzweifelt nach Band 2 vom Handbuch verlangt – Foltern im Gulag –, aber das haben sie ja gar nicht gekauft, weil da die Falschen gefoltert haben:

„Biermösel, das ist jetzt kein Spaß mehr", fährt er dann mit seinen Drohungen fort. „Wenn wir nicht bis spätestens zum Wahltag ist Zahltag unser Bier zurückhaben, dann wird die Sache womöglich noch eng für den Chef vom Ganzen, der die ganzen Feuerzeuge und Luftballons dann vielleicht umsonst verteilt haben wird, und das kann ja wirklich keiner wollen."

Der Biermösel aber will genau das!

Um nicht komplett aus der Übung zu kommen, lässt er dann zu Testzwecken einen kleinen Versuchsballon steigen, er öffnet die Schleusen nur minimalst, und eine leise und wohlschmeckende Vorspeise gibt ihnen eine ungefähre Ahnung vom fünfgängigen Menü, das er gerade in seinem Darm zusammenstellt, heilige Scheiße! Das kleine Bumsi lässt die versammelten Herrschaften um ihn herum dann zwar ein bisserl taumeln und die Schwächsten von ihnen kollabieren. Aber noch fehlt ja der eine mit seinen ganzen Feuerzeugen und Luftballons, wegen dem der Innenminister die Urlaubssperre über ihn verhängt hat und ohne den er die Bombe nicht zünden wird.

„Also gut!", spielt der Innenminister dann den Wilden. „Wer hat die Zigaretten, mit denen wir ihm Löcher in die Haut brennen können?"

Du meine Güte, denkt sich der Biermösel gelangweilt, als der Karate Kid seinem Minister die Stangen mit den Zigaretten bringt, von denen sie dann jede einzelne mit der Lupe entzünden und an ihm ausdrücken. Aber kaum berührt die Glut seine Haut, zischt und dampft es wieder nur ganz leicht, aber seine unteren, gut eingeweichten Hautschichten vermögen sie natürlich nicht zu erreichen.

Den Biermösel beneidet ja jede verrunzelte Bierzeltbesucherin mit ihren schweren Hautverwerfungen zwischen den ins Dirndl gequetschten Dutteln um seine einmalig geschmeidige Haut, für die er noch dazu nicht einmal eine NIVEA-Feuchtigkeitscreme braucht, das Geheimnis seiner Schönheit kommt von innen.

„Wie seid ihr überhaupt auf mich gekommen, ihr Saubande?“, fragt der Elendste der Elenden schließlich, damit endlich ein bisserl Schwung in die müde Folterbude kommt. Und weil es auch dem Innenminister schön langsam ziemlich fad wird und ihm die Ideen ausgehen, wie er ihn foltern könnte, plaudert er halt bereitwillig aus dem Nähkästchen und erzählt, wie er zu dem geworden ist, der er heute ist:

„Also ich lese in den goldgetäfelten Nassräumen der Ministerien ‚Der Spion, der aus der Kälte kam‘, wo es um einen Spion geht, der aus der Kälte kam. Aber noch lieber lese ich ‚Rock Rockenschaub löst auf alle Fälle alle Fälle‘“, gesteht der Innenminister, „da steht schon mal sehr viel drinnen über das Lösen von schwierigen Fällen. Und meine Mutti liest jeden Abend vor dem Zubettgehen ‚Ohne Krimi geht die Mimi nie ins Bett‘, nachdem sie mir vorher die gefüllten Paprika für den nächsten Tag zubereitet hat, in die sie mir dann immer ein paar gute Tipps hineinsteckt, mit sehr viel Hausverstand garniert und reichlich Menschenkenntnis gewürzt, ich bin also ganz gut gerüstet für meinen Job“, redet er in der Art der Politiker ein bisserl um den heißen Brei herum, aber wie sie letztlich auf ihn gekommen sind, das will er ihm nicht verraten.

„Wie seid ihr auf mich gekommen, Kruzifix?“

„Na pass auf“, wird der Minister dann doch ein bisserl deutlicher. „Wir haben ja überall im Land und sogar außerhalb unsere Überwachungskameras aufgestellt, und mit denen haben wir dich schon eine ganze Zeitlang unter Beobachtung, aus dem Weltall, aus den Flugzeugen, aus den Drohnen, kurz: Das total überwachte Volk darf sich in unseren Händen sicher fühlen, solange es uns wählt, ein Abweichler wie du aber muss natürlich aufpassen!“

„Das war nicht meine Frage!“

„Letztlich war es unser bewährter DNA-Abgleich, der uns zu dir geführt hat", erklärt der Innenminister, und der Biermösel fragt:

„DNA-Abgleich also, Herrgottnocheinmal, was soll denn das jetzt wieder heißen?"

„Das heißt Der Nackte Arsch, du Landei!"

Da zieht der Innenminister ein Foto aus seiner rechten Lodenjoppentasche und hält es seinem Gefangenen vor die Nase. Es zeigt einen ausnehmend runden, braungebrannten und vom Sonnenöl glänzenden Arsch, wie ihn auch der Biermösel gerne einmal mit der Ausschlagsalbe von der Roswitha einschmieren täte, ein wirklich einmaliger Arsch, „danke und bitte her damit!"

Aber gerade, als ihm schon das Wasser im Mund zusammenläuft und sein Interesse an der körperlichen Liebe trotz der Hitze wieder zurückzukommen scheint, da nimmt ihm der Innenminister das Foto wieder weg. Es ist nämlich das falsche Foto, das er ihm gezeigt hat, das Foto vom nackten Arsch seiner Vorzimmerdame nämlich, peinlich ist das schon ein bisserl für einen Innenminister, in Zukunft muss er da vielleicht wirklich ein bisserl besser aufpassen, welches Foto er wem zeigt, sonst gibt es da am Ende noch einen Skandal.

Das Foto, das er dem Biermösel eigentlich zeigen wollte und das seine Verwicklung in den größten Terrorfall der jüngeren Erdengeschichte beweisen soll, steckt in seiner linken Sakkoinnentasche. Es zeigt einen einmalig kalkweißen und ausgesprochen knochigen Arsch, den sich der Innenminister sogar auf dem Foto nur mit den Forensiker-Gummihandschuhen anzugreifen getraut, so sehr graut es ihm davor.

„Biermösel, jetzt sag einmal, weißt du vielleicht, wem dieser unfassbar weiße und grausliche Arsch gehört?"

Der Biermösel windet sich in großer Abscheu vor diesem ekelhaften Arsch. Der Schmerz, den der Anblick von diesem

Bild des Grauens verursacht, fährt ihm tief ins Hirn hinein, und er kann dann gar nicht mehr aufhören zu schreien:

„Bitte nicht diesen Arsch!"

Je mehr er sich aber windet und je furchtbarer er schreit, desto deutlicher brennen sich ihm die zwei „H" ins Gedächtnis, die jeweils eine der Arschbacken auf dem Foto zieren, und schön langsam dämmert ihm, dass es sich bei dem Arsch auf dem Foto ja um seinen Arsch handelt, den sie da fotografiert haben, und er sieht endgültig seinen furchtbaren Verdacht bestätigt: dass die Verbrecher wirklich schon in jedem Baum und in jeder Klomuschel eine Überwachungskamera installiert haben wie die Schurken im Dschungel von Kongolien, damit sie alles über ihr Trottelvolk in Erfahrung bringen, heilige Scheiße, in keiner Bananenrepublik der Welt geht es so elend zu wie in der eigenen sterbenden Heimat.

„Kann man in diesem Land nicht einmal mehr in Ruhe scheißen?"

Unbeeindruckt von der Beweiskette, die der Innenminister da gerade vor ihm geknüpft hat, versteht der Biermösel dann noch immer nicht ganz, wie sie eigentlich auf ihn gekommen sind.

„Also wie kommt ihr überhaupt darauf, dass ich euer Freibier gestohlen haben könnte?"

Natürlich könnte ihm der Minister jetzt auch einfach die Hose hinunterziehen und den DNA-Abgleich vornehmen, also den nackten Arsch vom Biermösel mit dem nackten Arsch auf dem Foto vergleichen. Aber stattdessen schaut er ihm nur verächtlich auf seinen Schädel drauf, wo ihm noch immer das Schaumkäppchen aus dem Kopf herauswächst und anschließend in der immensen Hitze verdampft.

„Schau dich an!", sagt er voller Verachtung, „Ich meine: Schau dich doch bitte einmal an, wie du ausschaust. Wie ein bayrischer Bierkrug schaust du aus, pfui Teufel!"

Wie eine Atombombe, die sich als bayrischer Bierkrug verkleidet hat, könnte der Biermösel ihn jetzt verbessern.

Aber lieber wartet er entspannt wie der Jason Castelli in seinem Suppentopf auf das Eintreffen vom Chef vom Ganzen und denkt dabei an die kurzberockte Anni, die ihn schon sehr bald retten wird.

Nicht lustig!

Bekanntlich hat der Biermösel vor zwei Monaten, als er angefangen hat, konzentriert und willentlich Weißbier zu trinken und mit seinen Ausstößen aus dem Kamin heraus die Erde zu erwärmen, nur seine Grillsau im Auge gehabt und die Abendröte im Westen. Und natürlich hat er, als er in der Folge die Zufuhr zum Motor stetig erhöht und den Ausstoß an Gasen anfangs verdoppelt, dann verzehnfacht und schließlich vertausendfacht hat, nicht damit rechnen können, dass er als indirektes Resultat seiner Furzerei auch gleich den Chef vom Ganzen auslöschen wird. Aber der Komet hat ja während seinem Anflug auf die Erde auch nicht gewusst, dass er die kleinen Dinosaurier gleich mit ausrotten wird, sobald er erst eingeschlagen hat, also wird der Biermösel den Tod vom Chef vom Ganzen als kleines Abfallprodukt seiner Grillleidenschaft gerne in Kauf nehmen, da ist er ganz Demokrat.

Der Biermösel liegt jetzt schon den siebten Tag in der Sonne herum wie die Wurst auf dem Griller, und trotzdem spürt er noch immer die Saukälte früherer Tage während verregneter und nebelverhangener Sommer. Wenn er also die gute alte Quecksilbersäule nicht bald auf über fünfzig Grad hinauftreiben kann, dann wird seine Mission unerfüllt bleiben, also wo bleibt denn bitte der Chef vom Ganzen?

„Jetzt pass einmal auf, Biermösel", sagt der Innenminister dann. „Bis jetzt war alles mehr oder weniger ein Spaß, was wir mit dir aufgeführt haben, mehr Hüttenzauber als Spezialistenverhör, ab jetzt wird es ernst."

Na dann!, denkt sich der Biermösel. Ich warte!

Sie binden ihn in der Stellung an, in welcher der Ramzi neulich seinem Schöpfer gegenübergetreten ist, nachdem der Biermösel ihn erledigt hat. Sie richten seinen Steiß himmelwärts, und dann drücken sie seine geschwollene Nase auf den nackten, spitzen und heißen Felsen, die Arme hinter dem Rücken haben sie mit Kabelbindern gefesselt. Dann – Himmelmutter hilf! – ziehen sie ihm die Hose hinunter und bieten seine zwei kleinen, knochigen, kalkweißen Arschbacken der Sonne zum Fraß dar. Schön ist dieser Anblick nicht, aber explosiv. Und es fühlt sich an, als hätten sie seine zwei Arschbacken in einen Eierkocher hineingesteckt.

Mit züngelnder Gefräßigkeit schält ihm die Sonne seine zwei eingebrannten „H" aus dem Arsch heraus, so wie der erfahrene Viehdieb die Brandzeichen aus den gestohlenen Kühen herausbrennt, damit sie kein John Wayne mehr als seinen Besitz erkennen kann. Oder wie der ehemalige Insasse von Alcatraz sich nach dem Ausbruch die verräterische Tätowierung aus der Haut brennt, damit ihn die blauäugige Reitstallbesitzerin als Stallknecht aufnimmt und nicht etwa wieder wegschickt, Herrgottnocheinmal, wie genau soll er denn noch erklären, was die Sonne mit ihm macht –

„Aua! Heiß!"

Dankbarer könnte er dem Innenminister aber gar nicht sein, dass er ihn selbst zur wütenden und alles zerstörenden Todeskanone umbaut. Vorräte für einen dreißigjährigen Gaskrieg lagern in seinen Därmen, die schleunigst aus ihm herauswollen. Es muss nur endlich der richtige Zeitpunkt kommen und der eine, der ihm in seiner Sammlung noch fehlt, endlich auftauchen, und bald, hört er, wird es so weit sein:

„Biermösel, oder von mir aus auch: Herzloser Herzbube, Volltrottel, Idiot. Noch einmal, ein allerletztes Mal die Frage an dich, bevor gleich der Chef vom Ganzen persönlich hier landen wird: Wo ist das Freibier?"

Um sich selbst ein wenig die Zeit beim Warten auf den Chef vom Ganzen zu vertreiben, setzt sich der Innenminister dann auf seinen mitgebrachten Campingsessel und fragt den Karate Kid neben sich als Einzigen, der bei der Hitze noch halbwegs geradeaus schauen kann:

„Kennst du eigentlich die Geschichte von dem da und seiner Mutti, die ihm mitsamt ihren Dutteln davongerannt ist, noch bevor er eine ordentliche einheimische Persönlichkeit mit Gamsbarthut, Stutzen und Lederhose hat ausbilden können?"

Da spitzt der Karate Kid gespannt die Lauscher, weil er hofft, dass in seinem tristen Verhörspezialistenleben (Verhörlampe einstecken und ausstecken; Lupe putzen und in die Sonne halten; Zigaretten kaufen nicht vergessen!) endlich einmal ein paar Minuten Spaß für ihn herausschauen, nach all den mit Handkantenschlägen erzwungenen Geständnissen und wimmernden Verdächtigen, gut und witzig erzählt vom Boss, der zwar ein sehr schlechter Boss ist, dafür aber ein in tausend Bierzeltreden erprobter, jovialer Erzähler (sowie ein streng riechender Alkoholiker, wie dem Biermösel bald aufgefallen ist: Enzian, Wacholder, Marille und jede Menge Rasierwasser hat er an ihm schon gerochen, wenn er sich mit der Lupe oder den brennenden Zigaretten über ihn gebeugt hat, allerdings zwei Sorten von Rasierwasser: eines, mit dem er den durch seine zittrige Alkoholikerhand im Gesicht angerichteten Blutfluss stillt, und ein anderes, das er säuft, um die zittrige Alkoholikerhand wieder zu beruhigen).

„Also willst du die Geschichte hören, Kid?"

Der Innenminister holt dann ungeachtet des mittlerweile schon bedrohlichen Grollens und Donnerns in den Gedärmen vom Biermösel seine in ein rot-weiß-rot kariertes Tischtuch eingeschlagene Geheimdienstakte vom Biermösel heraus und fängt schon zu kichern an, noch bevor er das erste Mal „Ausgerechnet mit einem Franzosen ist sie ihm durchgebrannt!" gesagt hat.

Bald hat er geschätzte 283-mal „Ausgerechnet mit einem Franzosen!" gesagt, während der Biermösel langsam ein kleiner Muskelkater im Arsch zu schaffen macht und er ein leises Ausströmen der Gase aus einem futzikleinen Loch nicht mehr verhindern kann. Augenblicklich entzündet die Sonne den leisen

Furz zu einem kleinen lodernden Flämmchen, sodass ihn ein Japaner aus Sapporo, wenn denn gerade zufällig einer vorbeikommen täte, ohne weiteres für das nie erloschene Olympische Feuer von Sapporo 1972 halten könnte, und nur mit der allergrößten Willensanstrengung kann er das Loch wieder schließen und das Feuer löschen.

Der Innenminister hat dann noch ein paarhundertmal „Mit ihren zwei Dutteln ist sie ihm davongerannt!“ gesagt, als dem Biermösel einfällt: Ein paar ordentliche Schlucke aus den Milchseen von seiner Mutti könnte er jetzt durchaus vertragen, und er würde gerne „Kann mir vielleicht endlich einer was zu trinken geben?“ sagen, aber es geht nicht.

Die haben nämlich die ganze Zeit über vergessen, ihm Flüssigkeit zuzuführen, wie es die Genfer Konvention für politische Gefangene eigentlich vorschreibt. Und auch wenn in seinen Stinksocken noch genug Feuchtigkeit steckt, so wird es nach oben hin auch bei ihm langsam immer trockener, heilige Scheiße, seine Zunge ist nur noch ein pelziger Kaktus, der sich im Schandmaul kaum mehr bewegen lässt.

„War ich witzig?“, hört er den Innenminister dann endlich fragen, aber der Karate Kid schüttelt nur mitleidig den Kopf und senkt den Daumen, bald dreht auch er durch: „Nicht lustig!“

Dann kommt endlich der, auf den der Biermösel so lange gewartet hat, und mit ihm sein ganzer Hofstaat. Der heiße Wüstenwind treibt den Dreck in seiner reinsten Form ins Tal herein, in Form eines Hubschraubers nämlich, in dem der Chef vom Ganzen auf einem weichen Polsterl sitzt. Neben ihm fliegen zwei weitere Hubschrauber einher, beide in den rot-weiß-roten Farben der Heimat gehalten, aus jeweils zwei gewaltigen Lautsprechern schmettern sie den „Schneewalzer" in die flirrende Luft. Im dem einen Hubschrauber sitzen drei Lipizzaner, im anderen der Chor der Wiener Sängerknaben. Scheinbar will der Chef vom Ganzen nicht alleine sterben, denkt sich der Biermösel, wofür sonst sollte der ganze Zinnober gut sein?

Nun aber ist der Biermösel kein weiß gekleidetes Mäderl mit Narzissen, das den Chef vom Ganzen mit einem Hofknicks empfängt, das ist er bei Gott nicht. Und falsch aufgestellt ist er obendrein, was dem Innenminister leider erst auffällt, als die Hubschrauber landen. Er hat den Staatsfeind Nummer eins ja nicht deshalb in der gewissen Demutshaltung festgezurrt, damit er die Sandkörner am nackten Fels zählen kann, sondern damit er vor dem Chef vom Ganzen kniet, um ihn anzubeten.

In der ganzen Hektik aber hat er ihn leider verkehrt herum festgezurrt, und so muss der Chef vom Ganzen, als er endlich aussteigt, direkt in den Kamin vom Biermösel hineinschauen, und das ist nicht einmal dann leichte Kost, wenn man alle Jason-Castelli-Hefte auf einmal gelesen hat!

Der Chef, ein blässlicher Typ, gänzlich unerfahren im Umgang mit der Sonne und heruntergelassenen Hosen, verlangt sofort nach dem bestickten und parfümierten Taschentuch vom Kaiser, als er diesen nackten Arsch sieht, und dann hüstelt er ein paarmal kaum hörbar hinein, bevor er den Innenminister fragt:

„Wer ist er?"

So ein Chef vom Ganzen hat nämlich viele Termine und kann sich nicht jedes Gesicht zu jedem Termin merken.

„Das ist der Biermösel aus Aussee drüben“, sagt der Innenminister, „derjenige, der einfach nicht austrocknen will.“

„Ach so, der.“

Mit seinen schmalen Lippen und den gescheitelten Schnittlauchhaaren nähert er sich dem Biermösel langsam von hinten und bedeckt mit seinem Taschentuch den Arsch vom Biermösel. Dann steht er vor ihm.

Um den ganzen schiefgelaufenen Wahlkampf mit den ganzen umsonst verteilten Luftballons und Feuerzeugen doch noch zu retten, lässt er die Wiener Sängerknaben Aufstellung nehmen, und die armen Buben, jeder einzelne knapp vor dem kompletten Kollaps, fangen unter dem elenden Taktstockgeschubse vom Chef vom Ganzen persönlich zu singen an, und zwo, drei:

„Flieg nicht zu hoch, mein kleiner Freund
die Sonne brennt dort oben heiß
wer zu hoch hinauswill
der ist in Gefaaaaaaaahhhr!“*

Als sie aufgehört haben zu singen – als sie endlich aufgehört haben, Herrgottnocheinmal! –, beugt sich der Chef vom Ganzen über den Biermösel und fragt ihn mit seinem Flüsterbariton:

„Hast du verstanden, was sie dir damit sagen wollten?“

Der Biermösel kann aber nicht einmal mehr „Draufgeschissen!“ sagen, so trocken ist seine Zuge. Also winkt der Chef vom Ganzen einen kleinen Sängerknaben-Rotzlöffel herbei, zieht ihn am Ohrwascherl und befiehlt ihm im Ton der strengen Lehrerin, die er vom Wesen her ist, dass er es ihm erklären soll:

„Der Chef vom Ganzen will dir damit sagen, dass du dich zu weit aus dem Fenster gelehnt hast, als du dich mit der Bundesregierung angelegt und das Freibier gestohlen hast.“

Dann fällt der arme Kastrat tot um, und der Chef vom Ganzen schiebt ihn mit seinen gelackten Schuhen am Fuß beiseite, mit dem Tod will auch er nichts zu tun haben, obwohl er tausendfach dafür verantwortlich ist.

Dann fragt er den Biermösel:

„Wo?“

Aber auch der wartet vergeblich auf eine Antwort. Der weiß scheinbar überhaupt noch nicht, dass der Biermösel genug intus hat, um sie alle miteinander zu überleben. Auch die Hyänen und Skorpione, die schon hinter den Hubschraubern herangekrochen kommen und auf ihn warten. Und selbst den Geier, der schon gelandet ist und sich ein bisserl voreilig in der ersten Reihe aufgestellt hat für das baldige Leckilecki, das er in ihm sieht. Ihnen allen kann er ausrichten, ein für alle Mal:

Ich bin der Elendste der Welt, ich werde euch alle überdauern!

Sollte die depperte Bundesregierung also tatsächlich in einem Ausseer Landgendarmen, an einem, der furzt wie ein Weltmeister und einfach nicht austrocknen will, ihren Meister gefunden haben? Es sieht ganz so aus!

Aber noch wissen sie natürlich nicht, dass sie in ihm auch ihren verdienten Tod gefunden haben.

In der verzweifelten Hoffnung, den Biermösel doch noch für sich zu gewinnen, wirft ihm der Chef vom Ganzen ein Feuerzeug mit dem knappen Wahlprogramm drauf zu und lässt einen Luftballon steigen.

„Für den unwahrscheinlichen Fall, dass du es doch noch in die Wahlzelle schaffst, nicht vergessen: Liste 1 – ‚Die Ackerbauern- und Viehzuchtpartei‘ mit deinem Chef vom Ganzen.“

Da wiehern sie alle wie die Lipizzaner über diesen gelungenen Witz, und dann steigen sie alle miteinander in ihre Hubschrauber ein, ein letztes Mal, wie in diesem Augenblick einzig der Biermösel weiß, ein allerletztes Mal.

Zwar hätte er sich auch gut vorstellen können, dass er dem Chef vom Ganzen mit der rechten Pranke einen auf seine gescheitelte Frisur draufhaut, sodass er mit seiner Jazzer-Visage zwischen den eigenen Rippen herausschaut wie der Affe im Zoo zwischen dem Gestänge, das hat er schon einmal beim Jason Castelli gesehen, Folge 1923, und es hat ihm sehr gut gefallen.

Aber das wäre natürlich nur Plan B gewesen, und an dem hindern ihn sowieso gerade die Kabelbinder, die seine Pranken hinter dem Rücken in Schranken halten wie die Beruhigungstabletten den Psychiatriepatienten.

Also entscheidet er sich frohen Herzens für Plan A, während der Chef vom Ganzen langsam mit seinem umgehängten Lodenjopperl im Hubschrauber Platz nimmt. So unangreifbar wähnt er sich noch immer, dass er beim Einsteigen nicht einmal den Schädel eingezogen hat und ihn trotz seiner geringen Körpergröße die Rotorblätter fast geköpft hätten. Gut, dass er noch lebt, denkt sich der Biermösel erleichtert, ihm schwebt nämlich ein ganz anderes Ende für Zwerg Bumsti vor.

Wie ein kreißender Berg hört sich an, was sich da im Biermösel zusammenbraut, wie ein blubbernder Vulkan kurz vor dem Ausbruch muss er auf die feinen Herren wirken. Die Feinfühligen von ihnen werden das drohende Beben bereits in ihren Zehenspitzen spüren, die unsensiblen Sparkünstler und Rotstiftakrobaten spüren gar nichts.

Während die Rotoren der Hubschrauber sich mit krächzendem Motor immer schneller drehen, bringt auch der Biermösel seine Windmaschine auf Touren und schickt eine kleine Vorhut hinaus. Augenblicklich erfasst der noch sanfte Windstoß die Hubschrauber, die sich endlich mit schweren, herabhängenden Flügeln, gepeinigt von der Hitze und niedergedrückt von der gnadenlosen Sonne, in die Lüfte erheben. Und während die ersten Stahltropfen zu Boden fallen, die sich von den langsam schmelzenden Ungetümen lösen, zündet der

Biermösel Stufe zwei, und das bedeutet: So wild hat seine Mutti mit dem Franzosen nicht getanzt, wie die drei Hubschrauber dann unter seinen Winden in der Luft zu tanzen beginnen, zuckend und schnaubend, hin und her gerissen von seiner furchtbaren Musik.

In den Lärm der Rotorblätter und in das Donnern und Grollen aus seinen Därmen mischt sich dann zunächst kaum hörbar, schließlich immer lauter und sich zum vielstimmigen Choral ausweitend der widerständige Singsang der Flüchtlingsfamilie Bolivár aus den Anden, die mit ihren Panflöten und Mondgesichtern und in ihre bunten Strickjacken gehüllt immer näher kommen und ihr „No nos moverán!" singen.

Endlich einer, der sich nicht in die Hosen scheißt vor einem unterdrückerischen Schurkenregime samt folterndem Innenminister, werden sie sich bewundernd über ihn denken, sondern einer, der mit der ganzen Kraft seiner Gase dagegenhält, das gefällt ihnen.

Sie haben ihn, schätzt der Biermösel die Lage dann nüchtern ein, sogar schon zu ihrem Gott erkoren, weil sie sich vor ihm niederknien und seine furchtbar verbrannte Rückseite anbeten (oder jedenfalls anstarren), und das ist nach allem, was ihm in den letzten Jahren im Dienst passiert ist, endlich einmal eine erfreuliche Nachricht. Nach dem ganzen Ärger, den er in seinem Leben schon gehabt hat, lässt er sich jetzt wirklich gerne anbeten, da ist er ganz Jason Castelli im Dschungel von Kongolien.

Weil er aber ein gütiger Gott ist, wird er ihnen im Gegenzug anbieten, dass er noch heuer ein munteres Sommer-Festival für sie ausrichten wird, und zwar im bereitstehenden Bierzelt, das heuer sonst keine Verwendung finden wird, wo sie sich anziehen dürfen, wie sie wollen, und in dem es keine roten Spitznasen und blonden Schnauzbartträger gibt, die mit ihnen den Watschentanz aufführen, und erst recht keinen Chef vom Ganzen, der ihre Hand schütteln will, weil sie dann alle nicht mehr leben werden, denn jetzt endlich ist es so weit, Stufen drei, vier, fünf – Feuer! Feuer! Feuer!

Und hoppala, plus 56,3° im Schatten.

Du meine Güte, wenn er bedenkt, dass er nur grillen wollte!

Erschöpft wie die Elefantenkuh nach der sehr schweren Drillingsgeburt, liegt der Biermösel dann im Wöchnerinnenbett und atmet ein paarmal kräftig durch, eine leichte Geburt war das bei Gott nicht, die er gerade abgeliefert hat, aber eine sehr schöne.

Die drei Hubschrauber liegen weit verstreut in der Gegend herum, er sieht lodernde Feuer inmitten lodernder Feuer, bravo. Und er sieht den abgerissenen Kopf vom Chef vom Ganzen, der dort irgendwo herumliegt, gut schaut er nicht aus, aber gut hat er auch vorher nicht ausgeschaut. Und ist das da drüben nicht der Innenminister, fragt er sich, der im Todeskampf noch immer unverdauliche Kommunistenasche herauswürgt? Na freilich ist er das! Und jetzt, wo ihm kein schwarzer Verhörsack mehr über den Schädel hängt, fällt dem Biermösel auch wieder ein, woher ihm die Stimme von dem alten Kommunistenfresser so bekannt vorgekommen ist: Das ist ja der Ausbildner aus der Gendarmerieschule oben in Linz, der ihn schon damals in den Sondertrakt verbannt und ihm keine rosige Zukunft prophezeit hat, sondern eine traurige, „mit deiner ganzen Furzerei wirst du es nicht weit bringen!", hat er gesagt, aber da hat er sich natürlich getäuscht. Nur dass er ausgerechnet mit seiner General-Jaruzelski-Brille am Schädel sterben darf, die er ihm beim großen Verhör abgenommen hat, das stört den Biermösel natürlich schon ein bisserl.

So wie der Biermösel sein Trottelvolk jetzt kennt, wird die ganze depperte Wahl erst einmal abgesagt werden, aber da sind die Herrscher natürlich auch ein bisserl selber schuld. Hätten sie ihn nur grillen lassen und auf das Wort „Urlaubssperre" verzichtet, hätte einer von denen auf dem Weg Richtung Weltenende die Reißleine gezogen und ihm den Urlaubsschein unterschrieben, dann könnte das ganze verbliebene Trottelvolk jetzt wählen und sein Elend fortschreiben. Stattdessen werden alle den Weinkrampf kriegen, und die falsche Frage wird lauten: Wie hat denn so was überhaupt passieren können?

Anstatt dass sich einer die viel drängendere Frage stellt:

Wer rettet denn endlich den Biermösel aus seiner verzwickten Lage?

Er hat jedenfalls aufgeräumt wie die Anni die Scheißhäuser der Bürgerstöchterl und Herrschaften um drei Uhr in der Früh. Zwar ist ihm alles ein bisserl aus dem Ruder gelaufen, das gibt er ja gerne zu, und die Frage muss erlaubt sein: Was hat ihm sein Feuerwerk gebracht? Weder sitzt er heute vor der Grillsau, die über seiner selbstgemachten Holzkohle brutzelt, wie es sein Wunsch war. Noch gibt es irgendwo da draußen ein Volk, das sein Leben in Freiheit und ohne die Gutsherrenpeitsche der depperten Bundesregierung auf den Arsch genießen könnte, weil ausnahmslos alle tot sind. Also was hat die ganze Furzerei gebracht?

Lustig war es. Und ob es was gebracht hat, das weiß man ja immer erst später.

Nachdem ihn also keiner so schnell retten wird, wie es ausschaut, kehrt der Biermösel von seinem heroischen Kampf gegen die große Politik wieder zurück zu seinen eigenen kleinen Problemen. Wenn nichts Überraschendes mehr passiert, dann war's das mit ihm. Mit der Sonne im Westen versinkt auch sein Stern. In dieser unwürdigen Stellung endet sein Leben, das Leben des großen Edgar Evenhoe Biermösel aus Aussee herüben, der das Land in eine tiefe Krise gestürzt hat. Und mit ihm endet die ganze Dynastie der Biermösels, so wie sie gelebt haben – unwürdig und lächerlich, wie es immer ihre Art war, weggeworfen wie ein alter Schuh, am Ende zu nichts anderem gut als zu Aas. Ein einziger kleiner Windstoß noch, und sein verdorrtes Blatt wird vom Stammbaum des Lebens herunterfallen, darauf wartet er und wartet er noch immer, denn endlich ist auch er ausgetrocknet. Kein Tropfen Nass quillt mehr aus ihm heraus. Kein Bier, das ihm aus dem Schädel herauswächst und an dem er sich noch selbst laben könnte. Kein Schweiß, der seine Achselhöhlen zum Stinken bringt. Noch nicht einmal ein Tröpfchen Lulu, das ihm unkontrolliert ausläuft und seine Hose nässt. Nichts.

Stattdessen zieht er sich immer weiter zusammen wie eine Dörrzwetschke. Die Haut wird ihm langsam eng, und die Augen treten weit heraus, ausgerechnet seine messerscharfen Adleraugen, auf die es die Aasfresser immer als Erstes abgesehen haben.

„Da … so … hei … sei …?"

Er versucht sich noch einmal mit der Sonne zu messen, ein allerletztes Mal. Aber seine Zunge ist trocken wie Kohle, und die Sonne lässt sich von ihm nicht mehr verhöhnen. Nicht einmal verabschieden kann er sich von der depperten Welt, weil ihm ja die Hände gebunden sind und er kein Winki, Winki mehr machen kann. Am Ende seiner Tage zeigt er dem unerfüllten Leben nur seinen nackten Arsch, und das gefällt ihm dann fast schon wieder, einen schöneren Abschiedsgruß hat sich das Leben von ihm nicht verdient.

Der Biermösel weidet sich dann an der feurigen Abendröte im Westen und denkt dabei noch einmal kurz an die Grillsau, wegen der er den ganzen Zirkus veranstaltet hat, „du blöde, depperte, untreue Grillsau!" Er denkt auch noch einmal kurz an seinen Bruder, den er überraschend hat kennenlernen dürfen und der ihm schon vorausgegangen ist hinüber ins Schattenreich, „bis bald!" Und dann denkt er mit wirklicher Wehmut an den Alten, der auch irgendwo da oben herumfliegen wird, wo es schön ist, „Freundschaft!"

Und wo wird die Mutti sein?, fragt er sich dann.

Oben in der Milchstraße bei den vielen Außerirdischen, mit einem ewigen Versorger-Vertrag für das Mutterschiff ausgerüstet? Oder lebt sie vielleicht oben im Franzosenhimmel und strickt schwarze Rollkragenpullover für die ganzen Napoleons?

Jetzt, in der beinahe schon ewigen Selchkammer seines Lebens, denkt er nur noch mit Wärme und schönen Gefühlen an sie, und trotzdem sie ihm damals davongerannt ist mit ihren zwei Muttiduttis, ist sie doch immer bei ihm geblieben, in seinem Herzilein, da wohnt sein Mütterlein.

Und wenn er bald wieder andocken wird an ihre gewaltigen Dutteln, so wie er sich das Sterben und den Himmel vorstellt, dann wird er sich auf ihren Schoß legen, sie wird ihn in den ewigen Schlaf wiegen, und er wird nicht mehr aufstehen, so müde ist er jetzt, so müde, „gute Nacht, Mutti, schö tem!"

Der Biermösel wartet dann darauf, dass die Sonne endgültig verschwindet und mit der Sonne auch er. Er wartet auf die finstere und abweisende Nacht, die ihn bald auffressen wird. Das gewaltige Angebot an verfaultem Fleisch, das er geschaffen hat, hat auch im Tierreich eine Goldgräberstimmung ausgelöst und jede Menge Abenteurer und Trittbrettfahrer angelockt, die sich nur den Magen vollschlagen wollen und bei der Abreise nichts als Dreck und unbezahlte Rechnungen zurücklassen, so wie die Tagestouristen und Sommerfrischler. Sie alle stehen jetzt um sein Fleisch an, Hyänen und Schakale, Würmer und Maden, und besonders vorwitzig der Geier, der oben am Abendhimmel seine Kreise immer enger zieht und nur noch darauf wartet, dass er die Flügel einziehen und in den Sturzflug übergehen kann, die Koordinaten hat er genau auf „Arsch" eingestellt und den Schnabel auf „messerscharf" geschliffen, heilige Maria, Mutter Gottes! Sobald der seinen Geierschnabel in seinen Arsch hineinhackt, wird es so weit sein, weiß der Biermösel, und ratzfatz wird er ihm den Darm herausreißen und vor allen anderen Leckereien fressen. (Wenn er in dieser ausweglosen Situation noch einen Wunsch äußern dürfte, dann vielleicht den, dass er schon bewusstlos sein möge, wenn er ihm den Arsch aufreißt, dort ist er nämlich besonders empfindlich.)

Der Biermösel macht dann die Augen zu und wartet, und während er wartet, sieht er auf einmal nur noch Bierflaschen vor seinem inneren Auge vorbeiziehen, was am Anfang ein herrlicher Anblick ist, aber dann macht er ihn ein bisserl traurig. Wenn das nämlich noch nicht die große Abfüllhalle oben im Himmel ist, in die er eingeladen ist, dann ist es sein Leben, das da an seinem inneren Auge vorbeizieht, und er erinnert sich, wie er die Tunichtgute immer genau darauf aufmerksam gemacht hat, bevor er ihnen die Glock an die Stirn gesetzt hat, „Ruhe jetzt! Gleich fängt der Film an!"

Aber viel war da scheinbar nicht los bei ihm in seinem Leben. Ausgesoffene Bierflasche reiht sich an ausgesoffene Bierflasche, dazwischen sieht er Regen, der von Schnee abgelöst wird, und Nebel, der eisglatte Straßen einhüllt.

Die längste Zeit sieht er nicht mehr als das, bis es dann zum Schluss hin noch einmal ein bisserl spannend wird und ein Schuss Action hineinkommt, mit dem Pfarrer Hein, von dem er im Herbst das kleine Volk erlöst hat, und dem Chef vom Ganzen, von dem er gerade vorhin das große Volk erlöst hat. Zum Schluss hin hat er doch noch einmal Gas gegeben, mit dem Joe als treuem Begleiter, und wenn er auch die Jahre und Jahrzehnte davor genug Zeit vertrödelt hat, so hat er die Jahre und Jahrzehnte davor auch genug Bier gesoffen, und das war dann ja auch irgendwie sehr schön.

Halt!

Der Biermösel spult den Film dann noch einmal kurz zurück, als er zwischen zwei gesoffenen Bierflaschen eine Minute dreißig in seinem Leben ausmachen kann, in der er scheinbar ausgesprochen glücklich war. Aber der Film läuft dann einfach wieder viel zu schnell, und die Szenerie ist zu schlecht ausgeleuchtet, als dass er genau sehen könnte, mit wem er damals glücklich war. Also wird er halt auf den großen Rätsellöser in der anderen Welt drüben warten müssen, der es ihm verrät.

In dieser unwürdigen Haltung, in der er da aufgebockt ist, mit dem Arsch himmelan und der Hose unten, mit der Zunge pelzig und den Fingernägeln dreckig, mit den Augenbrauen unbehandelt und dem Haarstock komplett steif vom ganzen vertrockneten Bier, will er jetzt nicht einmal mehr von einer leichtbeschürzten Einheimischen gerettet werden, wie das dem Jason Castelli jedes Mal widerfährt. Irgendwie hat er sich immer gewundert, warum der auch nach seinen ganzen verschwitzten Abenteuern im Dschungel noch sauber ist und sogar dann noch gut riecht, nachdem ihn am Ende immer die Weiber gerade aus der Fischsuppe herausgeholt haben, da hat es der Jason besser als er, der jetzt in Einsamkeit sterben will.

Aber irgendwo da draußen ist scheinbar doch noch Leben. Ein seltsam verwirrtes Wesen treibt sich da draußen herum, angeschlagen vom Sonnenstich, das abwechselnd „Bruder Jakob“ singt und dann wieder plus 56,3° im Schatten, 23. Juli 2004“ murmelt, das wäre nach ersten Berechnungen vom Biermösel drei Wochen her, oder sogar drei Jahre? Wem aber gehört die helle, fröhliche Stimme, zu wem das Klackern von Eiswürfeln.

„Biermösel! Steh auf!“, hört er sie sagen.

Der Biermösel dreht sein Gesicht zwischen seine Haxen und schaut auf einmal in die sanften Augen von der Anni, die hinter ihm steht und ihn jetzt so sieht, wie ihn nicht einmal seine Mutti jemals gesehen hat – komplett unwürdig, komplett verbrannt und – ja! – letztlich auch komplett entwässert, letztlich auch er.

Und die Anni? So schön ist sie noch immer, ganz weiß und ohne Flecken, kein Schweiß, keine Anstrengung, keine roten Wangen in ihrem Gesicht. Wie ein Engel schwebt sie daher, seine Anni, wie ein Engel. Und so wie sie daherkommt in ihrer Rot-Kreuz-Uniform, ist sie ihm letztlich sogar lieber als die ganzen kurzberockten Weiber, die am Schluss immer den Jason Castelli retten.

„Biermösel, steh auf!“

Er schließt die Augen und hofft, dass sie ihn nicht sehen kann. Aber das hat schon als Kind nicht funktioniert, wie er sich erinnern kann, wenn er die Augen geschlossen und gehofft hat, dass er jetzt doch nicht in der Selchkammer sitzt.

Sie kniet sich neben ihm nieder und beträufelt ihm seine trockene Zunge mit ein paar Tropfen Wasser, aber der Biermösel wehrt sich mit aller Gewalt dagegen und presst seine aufgesprungenen Lippen zusammen, wie der Igel stellt er die Stacheln auf, was so viel heißen soll wie:

Kein Wasser! Unter keinen Umständen Wasser!

Er ist sein Leben lang ohne ausgekommen, da wird er auch jetzt am Schluss keines brauchen.

Dann stellt er sich tot, damit er der Anni die Entscheidung erleichtert, ihn wiederzubeleben. Aber bitte nicht mit einer Herzmassage, sondern mit der Mund-zu-Mund-Beatmung, in der sie der Doktor Kripser nicht umsonst geschult hat, wie der Biermösel sogleich merkt: Sie beugt sich über ihn und schiebt ihm mit aller Kraft ihre nasse, feuchte, glitschige Zunge in seinen Sprechkanal hinein und fuhrwerkt darin so lange herum, bis sich sein Kaktus wieder bewegen lässt und er ihrem Druck Gegendruck entgegensetzten kann, und dann kann man – wenn man wie er selbst fantasiebegabt ist – fast schon sagen, dass es sich bei dem Gerangel um einen richtigen Kuss handelt, Herrjemine, am Ende seiner Tage noch ein erster Kuss von der Anni, dass er das noch erleben darf! Und endlich kommt ihm über die Lippen, was ihm früher nie über die Lippen gekommen ist:

„Danke!“

Aber war es wirklich ihr erster Kuss?

Die Anni schneidet ihm die Kabelbinder durch, stellt ihn auf die Beine und zieht ihm die Hose hinauf. Dann nimmt sie ihn an der Hand und führt ihn weg.

Ihre Wanderung geht durch das verbrannte Land hinüber zur Straße der Sieger, wo mittlerweile alle Plakatständer mit dem Bildnis vom Chef vom Ganzen drauf umgeworfen sind, alle! Und unter einem schauen vier Haxen hervor, und zwei glashelle Stimmen schreien mit schwacher Brust: „Hilfe! Hilfe!"

„Bitte, Biermösel, hilf ihnen, sonst geht das nicht gut aus!", sagt die Anni, und als der Biermösel die schwere Plakatwand hochhebt, sieht er zwei schwarz gewandete Terroristen mit schwarzen, löchrigen Punker-Strumpfhosen und Sexmasken, Nachahmer und Trittbrettfahrer eines der größten Terroristen der Welt, namentlich die Jennifer und die Manuela, die Zwillinge von der Anni, die wie zwei Nacktschnecken unterm Salat daliegen. Ein bisserl geplättet zwar, aber sonst ist noch alles dran an ihnen, auch das Widerständige und Depperte, „meine Güte, die sind ja so widerständig und depperte wie ich!"

„Die sind ja auch von dir, Biermösel!", gesteht ihm die Anni endlich, „es sind ja deine zwei Mäderl."

Und weiter: „Kannst du dich denn gar nicht mehr erinnern an die eine Minute dreißig in deinem Leben, in der du vielleicht einmal ein bisserl glücklich warst?"

Na bumsti, denkt sich der Biermösel, das wäre jetzt was für das Goldkehlchen-Duo!

Da schließt er die Augen und dreht den Film doch noch einmal zurück, und als er den Schinken noch einmal abspielt, in Zeitlupe diesmal, sieht er auf einmal wirklich die Anni, wie sie mit dem Putzkübel in der Hand vor bald sechzehn Jahren vorne bei der Bierzeltbühne gestanden ist und darauf gewartet hat, dass sie endlich den ganzen Dreck wieder wegräumen darf, den die anderen angerichtet haben. Und dann erinnert er sich wieder, wie er mit der Glock in der Hand eingetreten ist und alle vor ihm davongerannt sind – „Make way for the bad guy! Here's the bad guy coming through!"

„Anni!"

„Biermösel!"

Herrgottnocheinmal, es muss dann einfach wirklich alles gepasst haben mit ihnen beiden – der Vollmond, die stickige Luft, der Wacholderbeerschnaps und die laute Musik, die dann auf einmal abgebrochen ist, weil der Joe mit seiner Quetschenharmonika davongerannt ist und alle anderen ihm nach. Dazu seine beeindruckende Erscheinung als schwarz gekleideter Pancho Villa, welche die Anni betört haben muss, und ihre Sehnsucht nach den Sternen respektive nach ein bisserl Wärme in dieser eiskalten und verregneten Sommernacht; dann der eingebrochene Tanzboden, in dem sie gemeinsam verschwunden sind, und endlich ihre Meisterschaft in Fragen der körperlichen Liebe, mit der sie es letztlich geschafft hat, dass er nicht nur auf ihr liegen geblieben ist, so wie er auf sie draufgefallen ist, sondern dass er auch was zusammengebracht hat, aber du meine Güte, dass er in nur einer Minute dreißig gleich Zwillinge zusammenbringt, damit hat keiner rechnen können! Und wenn nicht auf einmal das ganze Zelt zusammengebrochen wäre und ihn der große Stahlträger gefällt hätte, wer weiß, ob er dann nicht Elflinge zusammengebracht hätte, jedenfalls hat er auf einmal nur noch Sterne gesehen, mehr Sterne, als die Milchstraße Milch hat.

„So war es also?"

„So und nicht anders", sagt die Anni freudig.

Aber dann beschleicht sie die Angst, dass er wieder durchdrehen und vielleicht nicht zu ihr und den Zwillingen stehen könnte, weil sie so widerständig und schwierig sind (wie er selbst) und oft mehr Probleme zu bieten haben als Lösungen (wie er selbst).

In diesem speziellen Fall aber genügen dem Biermösel die zutraulichen Augen von der Anni, sodass er die Vaterschaft aus der Hüfte heraus anerkennt. Und damit er bei der Erziehung seiner zwei Rotzlöffel, die zwar keine Buben sind, aber widerständig und schlimm, keine Zeit verliert, zieht er sie unter der Plakatwand hervor und zeigt ihnen den mahnenden Finger und mit dem mahnenden Finger gleich seinen festen Willen, ihnen ein strenger, aber gerechter Papa zu sein.

„Brav sein, Kruzifixnocheinmal, immer schön brav sein!"

„Ja, Papa!"

„Und wirst du auch für sie sorgen?", fragt ihn die Anni besorgt, als er ihr endlich die große Pranke auf die Schulter legt. Sie hat ja ein großes finanzielles Loch zu beklagen, seit so viele Stammkunden weggestorben sind. „Geht sich das mit deiner Mindestpension für uns vier aus?"

„Anni", sagt der Biermösel und bastelt sich seine eigene kleine Wirtschaftstheorie zusammen: „Erstens wird das Leben nicht teuerer, wenn nur noch wir vier auf der Erde herumrennen, sondern eher billiger." Und zweitens: „Überraschend ist ja der Onkel von den Zwillingen gestorben, mein überraschend aufgetauchter kleiner Bruder, und so ist mir überraschend eine kleine Erbschaft in den Schoß gefallen. Mit dem ganzen Schotter könntest du den Schaden dreimal begleichen, den meine zwei Rotzmäderl angerichtet haben, falls du nicht lieber überhaupt was Gescheites mit dem Geld anfangen willst und dir vielleicht ein paar warme Strumpfhosen kaufst, es werden auch wieder kalte Tage kommen, denn ewig werde ich das grausliche Zeug aus Bayern nicht saufen können."

„Dann ist also doch noch alles gut ausgegangen?", fragt ihn die Anni mit ihren großen, zutraulichen Augen.

„Schaut so aus", sagt der Biermösel. „Schaut ganz so aus. Außer natürlich, dir fällt kurz vor Schluss noch ein, dass auch du lieber einen Franzosen heiraten möchtest, einen mit Dackelblick und schwarzem Rollkragenpullover, der gut denken kann?"

„Schon. Aber es gibt keine mehr", sagt die Anni.

„Alle ausgelöscht?"

„Man hört nichts Gutes aus den Pyrenäen."

Dann schultert der Biermösel seine Zwillinge und nimmt die Anni an der Hand. Und so marschieren sie in den Sonnenuntergang hinein, in Richtung Abendröte im Westen.

THE END

* Flieg nicht zu hoch, mein kleiner Freund, Musik/Text: Jean Frankfurter, Robert Jung (1981)

Manfred Rebhandl

Lebensabende und Blutbäder

Der erste Biermösel-Krimi

Broschur
224 Seiten
Euro 15,–
ISBN: 978-3-7076-0075-9
www.czernin-verlag.com

Der Biermösel wartet in den permanenten Wetterkapriolen des Ausseerlandes auf das wohlverdiente Hinübergleiten in den Lebensabend. Doch leider halten den klapprigen Gendarmenkörper zwei schwerwiegende Delikte vom gemütlichen Warten ab: der Raub zweier Touristen-Handtaschen durch zwei mutmaßliche Rotzbuben. Und das Verschwinden diverser Kampfhunde mutmaßlich durch den Scheinasylanten Mao Tse Tung (nicht verwandt, nicht verschwägert!)

Als dann auch noch der Nachtklubkönig Schlevsky aus dem deutschen Osten in gröbere private Turbulenzen gerät und vor diesen Zuflucht in seinem Flachdach-Refugium in Aussee sucht, weiß der Biermösel aus seiner gewissen Erfahrung heraus, dass wieder das Schlimmste passieren wird.

Und recht hat er!

Manfred Rebhandl

Löcher, noch und nöcher

Der zweite Biermösel-Krimi

Broschur
224 Seiten
Euro 15,–
ISBN: 978-3-7076-0206-7
www.czernin-verlag.com

Der Biermösel trotzt mit immensen Zahnschmerzen den gewaltigen Schneestürmen im Ausseerland. Ein Goldhaubendiebstahl und ein aufgebrochener Opferstock in der Kirche begleiten ihn in Richtung Weihnachtsfest.

Dazu kommen seine Probleme im amourös-zwischenmenschlichen Bereich: Die von ihm begehrte Putzfrau Anni zieht mit dem Hallodri Jackpot Charlie auf dem Eislaufplatz ihre Runden, und sogar seine Schwester Roswitha bricht aus der häuslichen Routine aus, als sie zum Weihnachtskonzert des Schmusesängers Shubidu Jack in Goisern drüben fahren will. Außerdem hat ihm die katholische Kirche mit ihrer einsamen Entscheidung für die Silbertanne als allein seligmachenden Christbaum sein Geschäft mit den Buchen versaut! Kein Wunder also, dass niemand auf der Welt Weihnachten mehr hasst als der Biermösel. Da helfen dann nur noch die gelben Tabletten vom Doktor Krisper – „gelb wie die Sonne!"

Manfred Rebhandl

Scheiß dich nicht an – lebe!

Der dritte Biermösel-Krimi

Broschur
176 Seiten
Euro 15,–
ISBN: 978-3-7076-0250-0
www.czernin-verlag.com

Der Biermösel ist einfach wirklich sehr gut drauf in diesem ereignisreichen Frühling. Er ballert unschuldige Frühlingsvogerl vom Himmel und will endlich mit der Anni ins Gendarmerieerholungsheim nach Kaprun hinüberfahren, um sie dort zu packen.

Nur der wahnsinnige Pfarrer Hein mit seinem vorösterlichen Glockenläuten verdirbt ihm ein bisserl die gute Laune. Und das mysteriöse Verschwinden vom Hasenscharten-Ulf geht ihm auf die Nerven, den er aber schlussendlich doch noch im Kanal unten finden wird, ebenso wie sein geliebtes Schweinderl Trudi, das kurz von einem erfüllten Leben abseits des Speisetellers vom Biermösel geträumt hat.

Da braucht es uns dann auch nicht mehr wundern, dass oben jenseits der Baumgrenze ein US-Airforce-Pilot in seiner unzerstörbaren Magic Underwear herumliegt, die eigentlich für den Häuserkampf in Bagdad bestimmt war. Aber wundern tut uns sowieso schon lange nichts mehr …